创客云商

创精彩事业　享美丽人生

周书养◎著

MAKER CENTER

陕西师范大学出版总社

图书代号　ZH18N0293

图书在版编目（CIP）数据

创客云商 / 周书养著. —西安：陕西师范大学出版总社有限公司，2018.5
ISBN 978-7-5613-9911-8

Ⅰ.①创… Ⅱ.①周… Ⅲ.①访问记—作品集—中国—当代 Ⅳ.①I253

中国版本图书馆CIP数据核字（2018）第062571号

创客云商 CHUANG KE YUN SHANG

周书养　著

选题策划	郭永新	
责任编辑	王　翰　陈君明	
出版发行	陕西师范大学出版总社	
	（西安市长安南路199号　邮编 710062）	
网　　址	http://www.snupg.com	
印　　刷	陕西天丰印务有限公司	
开　　本	690mm×980mm　1/16	
印　　张	17.5	
插　　页	1	
字　　数	190千	
版　　次	2018年5月第1版	
印　　次	2018年5月第1次印刷	
书　　号	ISBN 978-7-5613-9911-8	
定　　价	52.00元	

读者购书、书店添货或发现印装质量问题，请与本公司营销部联系、调换。
电话：（029）85307864　85303629　　传真：（029）85303879

序

马晓轩

如果你是一个正在寻找风口的准创业者，我还挺想把这本书推荐给你的，大胆尝试胜过平庸保守，不管任何时候，都不能在翻滚的浪潮中丢弃自己独立的思考。

2014年，在"双创"的良田沃土上，很多人选择了撒下一把摇钱树的种子，但对我来说风是不一样的，我选择挽起袖子翻土施肥，提供一片沃土给大家。

2015年，我成立了西安创客村电子商务有限责任公司，创建并运营了产业互联网时代的移动社交电商平台——创客云商，不但为创业者提供了平台，更是实现了"类人胶原蛋白"科研成果转化。

2001年，我还是一位西北大学化工学院的学生，导师范代娣带领我们组建类人胶原蛋白科研团队，夜以继日的工作成了家常便饭，我至今仍清楚地记得坐在实验室里的场景……那个时候真年轻啊，经常在实验室一守就是一整夜……

很多人问我，把自己最年轻的几年奉献给科研事业后悔过吗？答案肯定是否定的，正是因为这几年的经历，才为我的生命增加了弹性和厚度。

类人胶原蛋白不负众望，相继拿下了中华人民共和国国务院颁发的"国家技术发明奖"、国家知识产权局和世界知识产权组织联合颁发的"中国专利金奖"、国际发明家协会颁发的"最佳创新奖"等一系列大奖。而这些都是我们当年未曾料想到的事情。

这十年的磨砺，让我更加坚信：付出总有回报，坚持就会成功！

类人胶原蛋白对伤口愈合、延缓衰老等方面有良好效果，那为什么不把类人胶原蛋白的技术应用在护肤品上，打造属于我们自己的民族品牌呢？功夫不负有心人，经过科研团队多年的连续奋战，可丽金诞生了……

医学美容领域，地面医学之路走的极为坎坷，因为中间环节太多，代理商的利润率低、占压资金大、效率低，大量应用于皮肤科、激光科、整形科，也得到了很多业内人士的认可，可是可丽金能帮助到的人还远不能满足我的期望。

2011年，随着移动互联网的发展，催生了各种新型商业思维以及商业新模式，采用F（工厂）2B（创业者）2C（消费者）创新商业模式的创客云商应运而生，通过互联网链接产业上下游，让工厂与消费者直接对接，最大程度的去中心化、去中介化、去边界化，减少中间环节，提高效率，降低成本，实现了优势资源的科学匹配。

平台建立以来，一直致力于将"产学研用"落地生根，将优秀的科研成果产品化、产业化，同时实现平台与消费者的无缝链接，深刻洞悉消费者的真正需求，指导研究者的定向研发，通过网络协同，最终实现智慧制造与智能商业的模式。

未来3到5年，公司的经营模式、理念会有全新的变化，通过突破和创新，让更多的科研成果走出实验室、实现产业化，让更多的个体创业者通过共享经济低风险创业，同时让广大消费者受益于平台的产品。

大概是创客云商的快速成长"惊动"了周书养先生。周书养先生是资深媒体人，曾获得过多项省级以上新闻奖，他也是一位作家，出版过多部长篇小说，入选陕西百名中青年优秀作家人才扶持计划。周书养先生以媒体人的嗅觉和作家的敏感，采访了一些在创客云商平台创业的创客，并不辞劳苦地写出了这本让我欣喜若狂的书，看着厚厚的书稿，我是十分钟意的。如果我是一个工作狂的话，周书养先生便是名副其实的码字狂了，让我们保持狂热，用出世的精神做入世的事业！

（作者系西北大学教授、巨子生物首席科学家、创客云商CEO、享受国务院政府特殊津贴专家）

目录

CONTENTS

创新创业

范代娣：让类人胶原蛋白造福人类　　　　　　　　　003
马晓轩：让创客云商成为"产学研用"的标杆　　　009
金乾生：创客云商让创新创业变成了现实　　　　　017

老板创业

陈元元：树起企业创业新标杆　　　　　　　　　　027
曲良良："跨界打劫"从餐饮业到可丽金　　　　　035
张艳红：创业为了资助更多的贫困生　　　　　　　045
姚巧红：帮助别人成就自己　　　　　　　　　　　054
黄　雷：身经百战的美业界奇人　　　　　　　　　063
卫洋华：信任是创业成功的"魔法"　　　　　　　072

宝妈创业

肖惠璞：创客云商改变了我的命运　　　　　　　　　087

杨　子：全职做宝妈全新做自己　　　　　　　　　097

刘　莉：可丽金是我弹奏的最美的钢琴曲　　　　　108

杨　琨：创业就是为了证明自己　　　　　　　　　115

王　微：取得成功的决心比什么都重要　　　　　　124

陆　裴：创客云商为创业插上腾飞的翅膀　　　　　131

陈　薇：在不断学习中实现创业梦想　　　　　　　137

李雨霏：从儿子的画中走进创客云商　　　　　　　146

兼职创业

邱晨霞：用可丽金改变家族命运　　　　　　　　　157

李文静：做一名走心的创业者　　　　　　　　　　166

白彩霞：不要用营销的心去做营销　　　　　　　　176

郑晓燕：创客云商——最能体现"双创"的平台　　184

自主创业

邓爱平：让可丽金遍布河西走廊	195
朱明月：学历不高创业不俗	205
吉晓燕：从高校辞职当创客	215
冼　丽：成功从相信自己开始	224
祝晓玲：创业就是站在跳板上	234
符志蝶：只要方法对了创业真的很轻松	243
张学奎：创客云商是最好的创业平台	251
冯亚莉：退休创业为了帮助更多人	258
牛莉萍：只要愿意开始什么时候都不算晚	264

创新创业

范代娣

让类人胶原蛋白造福人类

类人胶原蛋白和通常说的胶原蛋白主要区别有三点：第一，通常所讲的胶原蛋白基本上都是来源于猪、牛、鱼等动物；第二，通常所讲的胶原蛋白基本上是经过了强酸、强碱或者酶解等加工工艺获取，加工过程通常引起胶原结构的破坏，分子链间结合力、结合度、分子量大小等很难一致；第三，动物源的原料（皮、跟腱等）由于动物年龄的不同、部位不同，胶原内部的结构也不一致，所以不同批次间原料的不一致会导致临床应用效果的不一致。而类人胶原蛋白通过发酵技术生产，分子量均一，临床效果一致。

类人胶原蛋白是西北大学化工学院博士生导师范代娣带领团队研发的、具有重大突破的科研成果。2013年，类人胶原蛋白荣获"国家技术发明奖二等奖"；2016年5月，20国集团妇女会议（W20）政要在西安巨子生物参观时，对类人胶原蛋白大加赞赏；2017年5月，类人胶原蛋白作为中国智造登陆美国时代广场；2017年5月，范代娣教授荣获首届"全国创新争先奖"。那么，类人胶原蛋白到底是什么？为什么会有那么大的影响力？

类人胶原蛋白是什么？

周书养：有媒体报道称，您是类人胶原蛋白之母，那么什么是类人胶原蛋白？他和胶原蛋白有什么区别？

范代娣：有媒体称我为类人胶原蛋白之母，这是媒体的谬赞。

类人胶原蛋白是通过发酵合成的一类与人体胶原蛋白基因相似或相同的蛋白质，"类人"是商标，是我们生产的系列人源型胶原。类人胶原蛋白和通常说的胶原蛋白的区别有三点：第一，通常所讲的胶原蛋白基本上都是来源于猪、牛、鱼等动物；第二，通常所讲的胶原蛋白基本上是经过了强酸、强碱或者酶解等加工工艺获取，加工过程通常会引起胶原结构的破坏，分子链间结合力、结合度、分子量大小等很难一致；第三，动物源的原料（皮、跟腱等）由于动物年龄的不同、部位的不同，胶原内部的结构也不一致，所以不同批次间原料的不一致会导致临床应用效果的不一致。而类人胶原蛋白通过发酵技术生产，分子量均一，临床效果一致。

周书养：类人胶原蛋白曾是全球生物科学家研究和攻克的科研领域，那么，是什么原因促使您做这方面研究的？

范代娣：生物材料一直是科学家研究的热点，组织工程器官、3D打印人工器官等新技术的实现都离不开生物相容性和功效性良好的材料。我做过很多研究，只有人源型胶原蛋白方面的研究目前转化的比较成功，我们还有其他方面比较成功的研究正在转化中。

周书养：在研发过程中，您面临的最大的问题是什么？从研发到生产，经历了多长时间？

范代娣：在整个研发过程中，确实面临很多问题。每个做科研的人都一样，成功不成功都要付出辛苦。研究成功除了努力外还有幸运的成分，不过我认为坚持才会幸运多，当然辛苦也很多，比如说受制于实验条件、仪器设备有限，科研资金不足等，特别是当科研遇到困难的时候，内心的孤独更是一种煎熬，好在我都熬过去了。我们的工作得到了业界认可，这真得感谢和我一同经历辛苦、摸索由不成功到成功的课题组成员，没有大家的努力，搞工程化就是空谈。因为整个生产工艺过程没有可借鉴和可参考的先例，我们建设新厂房，从平立面布置、管路、设备、公用工程等我们都得自己亲自搞，这项成果的

这是一个创客的时代

产业化真正把我们从书本学的工程知识的皮毛全部更新和深化了。从研发到生产，涉及分子生物学、发酵工程和蛋白质分离工程，尤其是工厂设计和净化车间设计等多个重要环节，所以过程非常漫长，从开始做研究到最终大规模生产，前后经历了十几年。

类人胶原蛋白为何受重视

周书养：据说，类人胶原蛋白的研发，得到了很多部门的支持。多方面支持说明什么？

范代娣：胶原蛋白是哺乳动物体内非常重要的蛋白质，对我们人体的健康和美丽都非常重要。它的产业化将会应用到医学护肤、手术止血、骨缺损修复、微整形等众多领域，这些材料再加工应用到我国精细化工行业和医疗器械行业会支撑它们产品的更新换代和技术水平的提升。国家科技部、发展改革委员会和自然科学基金委员会等部门支持立项，也是因为它的发展潜力和将来对国家经济和卫生领域发展的重要意义。类人胶原蛋白在医学美容和医疗器械等领域的应用所创造出的经济价值和社会价值已经开始显现，为大众带来了美丽和健康，我觉得这个才是更有意义的。

周书养：类人胶原蛋白在全球生物科技领域是不是处于领先地位？为什么说它是全球领先？

范代娣：目前类人胶原蛋白的生产技术经陕西省科技厅组织专家鉴定，认为技术国际领先。说它是全球领先的，是因为类人胶原蛋白目前在西安巨子生物公司能够量产。我们知道，世界上研究胶原蛋白的实验室还有很多，也有学者取得了一些进展，但都处于实验室水平，还不能量产，距离应用还有很长的路要走。

类人胶原蛋白为何被推向世界

周书养：2016年5月，20国集团妇女会议（W20）的政要盛赞类人胶原蛋白。一年后的2017年5月，可丽金类人胶原蛋白作为中国智造登陆美国时代广场。国家为什么会选择把可丽金带出国门，推向世界？

范代娣：我们的国家战略就是要从"中国制造"转向"中国智造"，习近平总书记关于科技创新的一系列重要讲话告诉我们："科技是国家强盛之基，创新是民族进步之魂"。因为类人胶原蛋白是真正具有我们国家自主知识产权的原始创新，是真正的接地成果。可丽金系列产品是人源型胶原蛋白应用在医学美容领域的一个品牌，它真正受到用户的好评，尤其是敏感肌肤，为美丽事业的发展做出了贡献。

化妆品市场发展很快，我国每年大量进口国外品牌。从1987年的年产值18亿元到2000年的138亿元，2015年市场容量3156.3亿元，2011年—2015年年均增长8.29%，预计到2020年会达到4352.4亿元，这么大的市场规模，销售前十大品牌几乎都被国外品牌垄断，可丽金以它的高品质赢得用户好评，它代表我国自主研发的高科技品牌，所以类人胶原蛋白有幸被中国政府推荐代表国家高科技品牌出现在由中

这是一个创客的时代

美两国政府共同出资的品牌展示活动中，亮相美国时代广场。这是对类人胶原蛋白的肯定，代表了中国智造的能力和水平。

周书养：类人胶原蛋白作为重大科技发明，到目前为止，都获得过哪些奖项和荣誉？

范代娣：类人胶原蛋白生产及应用至今，获得国家、省部级、行业等奖项。其中重要的国家级奖项有2013年的"国家技术发明奖二等奖"和2016年"中国专利金奖"，中国专利金奖是国家知识产权局和世界知识产权组织共同颁发的，每年仅评选20名。

周书养：类人胶原蛋白主要应用在哪些领域？随着科技进步和研发的深入，类人胶原蛋白还有哪些领域有待突破？

范代娣：目前，类人胶原蛋白在精细化工、医学美容、预防医学和无源医疗器械等领域得到应用，主要为人类美丽和健康服务。随着后续研究的深入，以后在药物缓释、细胞培养，作为生物材料用于人工器官、组织工程器官等领域有着很大潜力。

马晓轩

让创客云商成为"产学研用"的标杆

创客云商的创新主要体现在以下几个方面：

第一，与研发型创业者共享生产供应链和市场反馈渠道；

第二，与生产型创业者共享研发技术和销售渠道；

第三，与消费者和分享者共享研发技术和生产供应链，打造一个"产学研用"的落地平台、科技成果的转化平台；

第四，为研究者、生产者、分享者、消费者提供一个真正低风险轻创业的产业互联网共享平台，形成各类创新主体互促、民间草根与科技精英并肩、线上与线下互动的共享局面，有助于各类创新主体寻找最适合自己的创业和消费方式。

创客云商是什么

周书养：几年前我采访您的时候，我知道，您是西安巨子生物的首席科学家，如今，您因为创客云商，在创新创业领域的名气远比您在科研领域的名气大得多，有好多创客都尊您为男神。那么，您怎么想到创建创客云商平台？

马晓轩：相对传统的商业模式，研发型创业者和生产商在创业伊始就面临两大难题：第一，研发的产品生产批量小，无知名度；第二，研发的产品产业化后，对于市场情况未知，导致生产商和研发者共同承担资金占用及产品变现困难的风险，无法通过市场的需求与消费引导研发与生产，"产学研用"无法落地。

从生产商到消费终端，代理商环节一般不止一个层级，有的情况可能会出现四级代理商，甚至更多层级。对于代理商，"钱货不是一个东西"的问题便因此而出现，同时，代理商需要从厂商那里购进产品，一旦滞销，容易产生资金周转问题；对于消费者，这些层级无疑增加了消费者的购买成本。

作为一名科研工作者，二十年科研第一线的经历，我们研发的类人胶原蛋白获得"国家技术发明奖二等奖""中国专利金奖""中国首届创新争先奖"等众多科技成果奖项，但仍深感科研工作者科研成果无法转化的艰难与无法获知市场信息的无奈。于是，便萌生了创建创客云商的想法，想充分利用"互联网+"的模式，把我们研发的产品通过创客云商这个社交平台推向市场、推向大众，让"产学研用"都发挥应有的社会作用。这就是创建创客云商的初衷。

周书养：创客云商正式运行是从什么时候开始的？作为一个互联网平台，没有创新，就没有发展潜力。创客云商的创新体现在哪些方面？

马晓轩：2015年9月创客云商试运营，2016年3月正式运营。创客云商建立的初衷是希望通过"市场的需求与消费"引导"产品的研发与生产"，实现高端研发、资源共享、创新服务全方位嫁接，打通科技成果转化"最后一公里"。

创客云商的创新主要体现在以下几个方面：

第一，与研发型创业者共享生产供应链和市场反馈渠道；

第二，与生产型创业者共享研发技术和销售渠道；

第三，与消费者和分享者共享研发技术和生产供应链，打造一个"产学研用"的落地平台、科技成果的转化平台；

第四，为研究者、生产者、分享者、消费者提供一个真正低风险轻创业的产业互联网共享平台，形成各类创新主体互促、民间草根与科技精英并肩、线上与线下互动的共享局面，有助于各类创新主体寻找最适合自己的创业和消费方式。

以上这些，是我们在创客云商中最大的创新。

这是一个创客的时代

创客云商做什么

周书养：您认为创客云商与其他社交电商平台最大的区别是什么？

马晓轩：创客云商平台与其他社交电商平台的区别主要有以下几个方面：

第一是产品。创客云商定位于具有独特价值、技术水平领先的美和健康领域的产品；

第二是销售环节。创客云商实现工厂与消费者的直联，减少中间环节，提高效率，节约成本，让消费者花更少的钱就能买到更多更好的精品；

第三是低风险轻创业。针对个人创业者，不囤货、不压货、不发货，平台使所有参与者都能真正实现低风险的轻创业。

周书养：创客云商与其他电商的运营模式有何不同？

马晓轩：创客云商以分享经济为核心，采用F（工厂）、2B（经营者）、2C（消费者）的创新商业模式，减少中间环节，降低经营成本，变革与重构传统产业与传统商业。

我们搭建创客云商平台，用以囊括从生产商（F）—经营者（B）—消费者（C）的闭环。融合制造业与生产性服务业，通过生产、资源配置和交易效率的提升，推进创客云商产业互联网的发展。

对于生产厂商，这样的渠道模式解决了生产商资金被占用，同时产品变现困难的风险问题，其可依据市场需求进行定向研发、定量生产；

对于分享者，创客云商提供"产品研发生产系统、技术支撑系统、客户服务系统、物流配送系统、品牌营销系统、培训支持系统"等六大轻创业基础设施，分享者通过体验、分享搭建桥梁，将实惠让利给消费者，其商业本质是把制造业重资产的技术特征顺利地转化为经营者的轻资产运营；

对于消费者，创客云商为满足其"以优惠价使用高品质产品"的消费升级需求，创造性地引入"创客"这个消费群体，他们与普通消费者的区别在于其可以以出厂价使用产品。

创客云商怎么做

周书养：作为一个创新创业平台，创客云商如何引领更多人创业？

马晓轩：我们有完整的培训系统，通过创客云商商学院，定期组织各种线上、线下学习，最大程度的对创业者进行产品培训、营销培训，保证我们创业者的专业素养和营销能力。

周书养：创客云商有一句口号："让创业像呼吸一样轻松"，在创客云商创业真的这么简单吗？

马晓轩：作为一个创业平台，我们首先保证每一个创业者都能够低风险创业，不需要投入大量资金，不需要租用场地、雇佣人员、注册公司；可无损失退货退款，颠覆了大投入、重资产、高风险的传统创业模式，创造性地提供了全新的低风险创业模式，帮助

这是一个创客的时代

创客轻松实现轻资产创业，为"大众创业、万众创新"提供了有效途径与成功案例。

创客云商的发展

周书养：创客云商运营两年来，总体运营效果如何？

马晓轩：创客云商现已成为西北地区孵化过万人以上的众创空间（2016年由西安市颁发）和全国领先的产业互联网平台，获得2016年西安市电子商务最佳业绩贡献企业和2017年陕西省电子商务示范企业的殊荣，是国家倡导分享经济的践行者。

创客云商2016年交易额1.7亿元，2017年上半年已实现交易额近4亿元，2017年已实现交易额12亿元。

未来努力成为西安市要打造的六个千亿产业集群之一。

周书养：国内有没有类似创客云商这样的平台和运营模式，创客云商在国内产业互联网领域是不是处于领先地位？

马晓轩：到目前为止，创客云商已成为国内优秀的产业互联网平台之一。西安市电子商务协会组织专家学者召开西安创客村电子商务有限责任公司创客云商商业模式专题评审论证会，一致认为：创客云商是一种新产业、新业态、新模式，是"互联网+"发展的创新。把消费互联网推进到产业互联网，是互联网共享经济模式的成功实践，也是陕西和西安在"互联网+"发展领域取得的突破，使陕西走在了全国产业互联网发展的前沿。

创客云商的未来

周书养：创客云商作为一个创新创业平台，它的社会作用和意义体现在哪些方面？

马晓轩：创客云商承己之重、予人以轻，我们一切突破与创新，都是为了改变普通创业者创业的模式，让创业者轻装上阵。通过实施产业+互联网改造，利用优势资源，有效地带动了创业，释放了经济活力，促进了就业，增强了社会稳定，为区域"创新、创业"活动发展提供了鲜活案例。

同时，创客云商带动入驻平台的科技企业的科研成果落地转化，将为消费者提供更多优质产品，同时吸引全国各地更多的创业者聚集在创客云商，实现自己的创业梦想，引领创新创业更加健康地发展。

周书养：创客云商的发展前景如何，愿景和目标是什么？

马晓轩：从目前运营的情况来看，创客云商以其独特的创新模式被社会各界广泛认可，发展动力强劲。目前已孵化万余名创客，实现成功创业。公司计划未来3—5年，继续优化平台的各项创业基础设施，不断赋能给各位创业者，孵化创客人数达到30万。

对于消费者，在创客云商平台可终身享受厂家统一发货、正品保障、售后跟踪。平台目前已服务消费者300余万人，公司计划未来3—5年，服务消费者人数3000—5000万。

目前平台已有9家工厂30余个单品入驻平台，计划未来3—5年，入驻企业达到300—500家。

这是一个创客的时代

创客云商希望让更多高品质企业及其产品入驻平台。我们的初衷始终如一,帮助拥有高精尖技术的产品实现产业化、市场化,为消费者带来质高价低的好产品。

金乾生

创客云商让创新创业变成了现实

类人胶原蛋白是我从事高新技术产业二十多年遇到的最好的产品。首先,技术水平世界领先,这是我们陕西的骄傲;其次,它属于大众消费品,是男女老幼都能用得上的产品。美容化妆品的市场很大,每年市场消费额可达1000多亿!类人胶原蛋白具有其他美容化妆品所不具备的独特优势,这样的产品,做好市场营销,要不了几年,市场销售达到百亿、千亿完全有可能。而创客云商是一个真正的产业互联网平台,创客云商的发展,为产业互联网树了一面创新的旗帜。

金乾生曾在西安高新区、航空基地、西安渭北工业园区担任过重要领导，对高新技术、航空航天、兵器工业、军民融合等领域有深度参与和研究，一直呼吁和解决高科技成果的产业化、规模化、市场化。他曾多次在不同场合论及创客云商，对创客云商的作用和意义给予高度赞誉。2017年12月15日下午，在西安高新区的一个茶庄，围绕创客云商的社会意义，我采访了金乾生先生。

创客云商
是产业互联网的一面旗帜

周书养：您曾在几个开发区担任过重要领导，一直倡导和支持企业创新性发展。那么，您认为创客云商是一个什么样的平台？

金乾生：要说这个平台，首先要弄清楚这个平台的创建背景，把创建的背景搞清楚了，也就知道创客云商是一个什么样的平台了。

周书养：创客云商是在什么样的背景下创建的？

金乾生：要说创客云商的创建背景，先得清楚西安巨子生物。巨子生物是全球少有的量产类人胶原蛋白的厂商。我和巨子生物董事长严建亚很熟悉。当初，巨子生物落户西安高新区创业园时，我正好在高新区当副主任，分管创业园，当时就想着把巨子生物培育成"产学研用"一体的标杆企业。西安，不缺科技成果，不缺技术，缺的是如何把科技成果转化成生产力的创新型企业。巨子生物，能够把西北大学范代娣教授组织研发的类人胶原蛋白进行产业化、市场化、规模化，为西安高新区产学研用树立了一个典范。

2014年8月，严建亚请我去公司，我与严建亚、马晓轩就如何做强做大类人胶原蛋白的系列产品做了深入探讨。你要知道，类人胶原蛋白产品获得过国家技术发明奖，也获得过中国专利金奖，而且从2000年开始，就入驻各大医院。通过十几年的临床使用证明，类人胶原蛋白产品的安全性和有效性，是其他护肤产品望尘莫及的。很多护肤产品都出现过安全无效果、有效果不安全的现象。可类人胶原蛋白产品，以独特的优势一直深受消费者青睐。

已经在医院用了十几年的产品，在市场上的销售却始终不理想。当时，巨子生物也尝试过搭载别人的销售平台促进销售，可销售依然没有达到理想的目标。再说，搭载别人的平台销售，自己就是一个生产的工厂，无法树立自己企业的品牌。在这样的背景下，在探讨巨子生物发展的前景时，我当时提出了四个战略：

第一，技术战略。巨子生物是全球极少数量产类人胶原蛋白的厂商，在国际上其他国家还没有研究出或者不能进行规模化生产类人胶原蛋白之前，一定要保持技术上的领先，要保持产品的独特性，要加强与西北大学的深度合作，从理论基础到研发，始终要保持在国际上的领先地位。

这是一个创客的时代

第二,制造战略。有了全球领先的技术,就要有规模化、产业化的生产能力,有领先的技术,有一流的产品,才能保持强劲发展。

第三,品牌战略。一个企业想做强做大,必须要树立自己的品牌,没有品牌,无从谈及发展。所以,尽管从2000年开始,类人胶原蛋白产品已经在医院有所应用,但是,在市场上,还没有形成自己的品牌效应。

第四,营销战略。说到市场营销,我要多说几句。我曾在三个开发区任职过,我发现,西安的技术和产品都不错,但是,市场营销不行。类人胶原蛋白,也面临这样的问题。一个具有世界品牌的产品,如何做好市场营销?我当时给严建亚董事长说,类人胶原蛋白是我从事高新技术产业二十多年遇到的最好的产品,不能让它就此埋没。

周书养:为什么说类人胶原蛋白是你从事高新技术产业二十多年遇到的最好的产品?

金乾生:首先,技术水平世界领先,这是我们陕西的骄傲;其次,它属于大众消费品,是男女老幼都能用得上的产品。你知道美容化妆品的市场有多大吗?每年市场消费额可达1000多亿,这是多么大的一个市场啊!类人胶原蛋白具有其他美容化妆品所不具备的独特优势,这样的产品,做好市场营销,要不了几年,市场销售达到百亿、千亿完全有可能。

周书养:你觉得如何才能做好类人胶原蛋白产品的市场营销?

金乾生:这正是我和严建亚、马晓轩那天探讨的问题。我当时提出,要想做好市场销售,必须要有创新,必须要借助互联网的优势。美容产品很多,而且很多女人都以使用大牌为荣。你要让女性接受你的产品，信任你的产品，必须在市场营销方面进行创新。因此，我建议巨子生物在市场销售方面可以走产业互联网的道路。

我为什么这么讲？因为，那段时间，我正研究产业互联网，而且还在一个群里和很多专家学者探讨产业互联网的发展趋势。产业互联网，就是由工厂直通消费者，实现生产商和消费者的无缝对接。只有创建属于自己的销售平台，才能实现产业互联网的销售模式。

周书养：您刚才谈了很多关于创客云商创建的背景和与产业互联网的发展趋势，那么，创客云商这个平台，在您心目中是一个什么平台？

金乾生：创客云商是2015年9月9日上线的。严建亚是我认识的企业家里创新能力和执行力最强的一个企业家。2014年8月我们探讨过关于做强做大类人胶原蛋白产品之后，2015年3月，严建亚就请了上海的网络专家，开始搭建平台。可以说，创客云商是一个真正的产业互联网平台，创客云商的发展，为产业互联网树了一面创新的旗帜。平台的成立带动了巨子生物产品的销售，也让类人胶原蛋白走出了实验室，走出了医院，通过平台将类人胶原蛋白品牌可丽金推向了全国市场，真正实现了它的社会价值。直到现在，创客云商的能力和前景已不可估量。未来，它为中国经济带来的影响不容小觑。

创客云商
把创新创业变成了现实

周书养：说到电商，很多人都知道，但是，产业互联网，很多人并

这是一个创客的时代

不知道。创客云商作为产业互联网平台，与电商平台有什么不一样？

金乾生：创客云商是巨子生物创建的一个平台，这个平台的最大优势是它有自己的生产厂商和产品，不像别的平台，把别人生产的产品拿到自己的平台上去销售。因此，创客云商的运营模式，不仅在陕西是独一无二的，在全国，也少有。创客云商与电商的区别在于以下几个方面：

第一，创客云商是专业的，不像电商平台，是综合性的；

第二，创客云商实现了线上线下的结合，在传统营销的模式下有创新，有突破；

第三，创客云商实现了由工厂直通消费者的模式，体现精准营销和口碑营销，杜绝了假冒伪劣产品，让消费者买得省心，用得安心；

第四，创客云商能把消费者转化成经销商，让消费者赚钱；

第五，创客云商从消费者到工厂实现了个性化、订单式的生产；

第六，创客云商低风险创业，只要成为创客，通过学习与分享，就能实现创业，这是其他互联网平台没有的。

周书养：您曾说过，产业互联网是互联网的第三次革命，创客云商在产业互联网的发展中起到了哪些作用？

金乾生：互联网的发展到目前为止，可以分为三代。第一代互联网，它的出现，主要是传递了信息。到了第二代，互联网开始参与商业运作，成为商业互联网时代。产业互联网是互联网的第三次革命。

为什么说产业互联网是互联网的第三次革命？因为，产业互联网实现了厂商和消费者的互动，消费者需要什么，厂商就能提供什么。厂商实现订单式的生产，消费者实现个性化的定制。而创客云商的运营模式，对产业互联网的发展起到了引领和促进的作用，让分享经济成为新的经济发展方式。2017年，国家大力倡导分享经济，而创客云商早在2015年9月开始运营时，就按照分享经济的模式在运营。因此说，创客云商是具有前瞻性和创新性的。

周书养：创客云商在创新创业方面发挥了哪些作用？

金乾生：创客云商这个平台的运营，把创新创业变成了现实。

我们都知道，国家非常重视创新创业，可是，在现实生活中，创业并不是一件容易的事儿，尽管政府在资金、场地等方面给予极大的支持与帮助，但更多的人还是面临资金、技术、销售等方面的问题。可创客云商是一个任何人都能实现创业梦想的平台。在创客云商轻创业不占用资金，不囤货、工厂代发货，消费者下单，厂商根据消费者信息发货。据我所知，创客云商通过两年多的运营，让很多人实现了创业的梦想，也改变了很多人的生活状况，这是很了不起的。因此，我才说创客云商是一个真正把创新创业变成现实的平台。

周书养：与互联网相关的产业发展可谓日新月异，您认为创客云商的发展前景如何？

金乾生：创客云商通过两年的发展，到目前为止，还是陕西最大的一家产业互联网平台，是国内产业互联网做得最独特的平台。如果从发展的角度来看，创客云商有广阔的发展空间，是一个发展潜力巨大的产业互联网平台，也是一个能实现大众创业梦想的平台。

老板创业

陈元元

树起企业创业新标杆

陈元元说,选择创客云商,结果有三个:

最差的结果:用技术顶尖的护肤品和保健品,让自己美丽健康,而且再也不用纠结用什么护肤品更适合自己了。

中等的结果:做出了一点小成绩,每个月能多赚万把块钱,交了五湖四海的朋友,学到更多的知识,同时争取更大的成功;

最好的结果:为别人提供就业创业的机会,帮助他人,成就了自我,改变了命运,彻底实现财富自由,让自己健康、美丽、富有。

从创业者到企业家
让员工有尊严地生活

"作为一个企业家，首先应该考虑怎样管理自己的企业，怎样让自己的员工有尊严地生活，激发员工的创新精神和创新能力。"陈元元说："我们发挥集体的力量，把创客云商作为公司的项目在运作，就是为了让我们的员工能够有尊严，有成就感、自豪感。"

2004年，在医药销售、管理等方面积累了丰富经验的陈元元，决定与合伙人杨志宏共同成立属于自己的医药公司。她要再次挑战自己，实现更远大的人生目标。

在此之前的将近十年里，她在民生药业做过销售，做过区域经理，在黄河药业做过负责销售的常务副总，和其他几个合作伙伴一起完成了对一家药企的收购。这些从业经历，让她掌握了医药的销售渠道、销售经验和企业的管理方法，她只需要尽心尽力地做好自己的工作，就会有不菲的收入。可是，自己开公司，她的角色就从拿工资的人转换成付工资的人了。

"杨总做事严谨、务实，是一个难得的合作伙伴。"陈元元说。

从注册天远药业公司的那天开始，陈元元和杨志宏就定下了一条规矩：不管遇到什么情况，员工的工资绝不能拖欠，每月的工资，可以按照规定时间提前发，但绝不能拖后一天。

"天远药业成立十多年来，从来没有晚发过一次工资。"陈元元说。公司运营起步的第一年，因为业务拓展，业绩还没有显现出来，他们宁可从家里拿钱给大家发工资，也没有拖欠过员工一分钱。

通过几年的艰苦打拼，公司得到了快速发展，集体的力量也越来越强大，她也完成了从创业者到企业家的飞跃。

成为企业家的陈元元，开始重新评估自己。在她创业的每一个阶段，她都会评估自己的得与失。她在评估自己的同时，也思考公司的发展前景，如何管理公司？如何履行社会责任？

经过一段时间的思考，陈元元觉得，企业要健康发展，企业文化至关重要。作为一个企业家，应该关注员工的生存状态，不断增加员工的收入，让自己的每一位员工都有尊严地生活，快乐地工作。"这是我一直努力追求的目标，也是我们公司把创客云商列为一个项目来做的主要原因。"陈元元说。

引领员工创业
让每个员工都有成就感

2016年11月25日，天远药业举行了一次标新立异的动员会。公司负责人陈元元和杨志宏分别就创客云商和可丽金类人胶原蛋白做了详细介绍，之后宣布：创客云商将作为公司的一个合作项目正式启动，

这是一个创客的时代

公司所有的员工都可以在做好本职工作的同时，成为创客云商平台上的创业者，每个人都可以成为可丽金类人胶原蛋白的分享者、推广者，每个人在创客云商平台上的创业回报都归个人所有……

这一决定在公司引起了轩然大波，很多员工甚至有点想不通。很多企业严禁员工兼职，而他们的公司给大家发着工资，却让大家去创业，赚的钱归自己，公司分文不取。这样的企业领导，可谓凤毛麟角。

当有员工问选择创客云商会有什么结果时，陈元元说，选择创客云商，结果有三个：

最差的结果：用技术领先的护肤品和保健品，让自己美丽健康，而且再也不用纠结用什么护肤品更适合自己了；

中等的结果：做出了一点小成绩，每个月能多赚万把块钱，交了五湖四海的朋友，学到更多的知识，同时争取更大的成功；

最好的结果：为别人提供就业创业的机会，帮助他人，成就了自我，改变了命运，彻底实现财富自由，让自己健康、美丽、富有。

陈元元，让公司员工对创客云商充满了自信，这种自信，来源于企业的创新发展。

"创新是企业发展的动力源泉。我们把创客云商作为公司的一个项目来运作，让所有员工自觉自愿成为创业者，增加他们的收入，挖掘他们的潜力，实现他们的创业梦想，这是我们公司创新管理的一项重大举措。"陈元元说。

天远药业公司做出这样的决定，并非心血来潮，而是经过深思熟虑之后，做出的大胆决定。

面对互联网时代，陈元元一直在寻找企业创新的突破，她在思考如何利用互联网做大做强他们的公司。她想通过两种方式进行互联网的突破：一种是自己搭建平台；另一种是合作共赢，共同搭建平台。而自己搭建平台，要耗费大量的人力物力。经过反反复复地思考、调研和论证，她觉得，药品与互联网嫁接，成效不会太理想，而且没有成功的先例。因为，很多药品属于处方药，是不能在互联网上销售的，而非处方药，大街上到处都是药店，在互联网上销售未必会有优势。

就在陈元元为互联网销售纠结时，巨子生物的董事长严建亚找到了她和杨志宏董事长。严建亚早在十几年前就与他们合作过。在陈元元的印象中，严建亚就是一个为工作狂、为工作乐的人。他言语短简，为人忠厚，做事稳健，先后创办的几家公司，经营都很成功。

严建亚告诉陈元元和杨志宏，他要构建一个专注于美丽和健康的平台，完全实现工厂和消费者无缝对接的销售模式，除巨子生物生产的可丽金类人胶原蛋白产品以外，还有更多的工厂和消费者对接。陈元元和杨志宏听了严建亚的想法，很兴奋。因为他们知道，严建亚的巨子生物是全球少有的量产类人胶原蛋白的厂商，可丽金这个品牌在市场上已经具有很大的影响力，类人胶原蛋白是获得过国家技术发明和中国专利金奖的。一直在寻找投资项目的陈元元激动不已地对严建亚说，她要投资。严建亚说："我不要钱，我要有价值的合作伙伴，我要让更多的人成为这个平台上的创客，让他们通过对可丽金的分享实现创业，让更多的人去了解产业互联网的优势。"

严建亚关于产业互联网平台的构想与陈元元不谋而合。陈元元觉得，天远药业和创客云商一定能够很好地合作。巨子生物的强项是研发与生产，而天远药业的强项是销售渠道和教育培训，这种优势互补，一定能把平台做强做大。

2015年9月9日，产业互联网先锋——创客云商成功上线。创客云商的运营模式吸引了无数创客的强烈关注。

面对创客云商，从事过多年销售的陈元元觉得，这是互联网销售的突破与革命。她要加强与创客云商的合作，这种合作，占尽了天时地利人和。于是，她和杨志宏经过认真研究，决定把创客云商作为公司的项目进行运作。

当我问陈元元为什么会鼓励自己的员工兼职创业时，陈元元说："第一，创客云商是一个很好的平台，在这个平台上，每个人都是平等的。在这个平台上创业，风险低，没有资金压力，不需要囤货发货，这样的创业平台，只要你努力，就能实现创业梦想。第二，我们公司把创客云商作为一个项目在做，就是要发挥集体的作用和力量，激发每个员工创新创业的热情，彰显我们的集体协作精神。第三，员工对公司的发展做出很大贡献，很多员工在公司工作已经多年了，让我们的员工兼职去创业，是为了让他们获得更多的报酬，他们创业获得的所有报酬都归他们自己所有，员工的腰包如果鼓起来了，工作的积极性也就自然提高了。"

陈元元，竖起了企业创业的新标杆！

2017年11月6日，我再次采访陈元元时，她告诉我，他们的员工业务能力和服务能力超强，有20多人成了创客云商的主力军，公司有员工不到一年赚了两年的工资。她很自信地告诉我，到年底，一定会有更多员工加入优秀创客的行列。

发挥集体精神
激发每个人的创业潜能

在不到一年的时间内，能够帮助4000多名用户提升专业知识，这在创客云商是一个奇迹。那么，陈元元是如何创造奇迹的呢？当我问到这个问题时，陈元元笑着说："我们是集体作战，一个人的力量是有限的，集体的力量是强大的。我们之所以能够快速地成长起来，杨总功不可没。这样，我把杨总叫来，让他给你谈谈，我们是怎么快速发展的。"

陈元元把杨总——杨志宏叫来之后，我们交谈了将近一个小时。

杨志宏说：我们之所以能够快速地发展起来，有这么几点原因：

第一，我们是集体参与。把创客云商作为我们公司的项目在做，这一点，我们有得天独厚的优势和资源。再加上我们的公司是做销售的，积累了将近二十年的资源和渠道，每一个人都有销售和管理的经验。我们鼓励员工创业增收，员工的创业所得，全归自己所有。创客出差，费用都是公司报销的，我们这样的做法，极大激发了员工的创业积极性。

第二，加大培训力度。我们先后参加了多次精英训、讲师特训、核动力特训等能够提升员工和创客能力的培训，让每一个员工和创客都能在最短时间内得到提升。通过培训，让他们对创客云商的运营模式有了更深入的了解。然后，通过他们，再去影响更多的创客。同时，帮助创客组织举办轻创交流会，不断扩大平台的影响力。

第三，充分发挥集体协作精神。要让大家树立创业的精神，要敢

这是一个创客的时代

闯、勇闯。核心人物要树立榜样，引领和激发每个人的创业梦想。一个企业，不能没有集体精神，集体的协作精神，是企业发展的动力，只有凝心聚力，才能共同进步，快速发展。

天远药业，一个敢于创新的企业，一个能够让员工快乐工作、描绘美好未来的企业。创客云商，一个值得期待的产业互联网平台，一个值得更多创客拥有的创业平台。

几次采访下来，我对陈元元均有不同的认识，她就像是一本书，会让你对生活充满信心，对创业倍感乐趣。我相信，在创客云商2017年度总结表彰大会上，她将会有让创业者受益匪浅的演讲。

"跨界打劫" 从餐饮业到可丽金

黑马不是与生俱来的，即使有黑马的潜质，也得有黑马生长的环境。

创客云商是一个只要努力就能实现梦想的平台，可丽金是每个人都能重新审视美与健康的产品。这样的平台和产品，不是大家不需要，是因为大家不了解，看不懂。这种"消费商"模型，潜藏的价值和市场空间是巨大的。

重视品牌、信念的力量。学习提升，不忘初心。

曲良良出生在青岛，就业在深圳，扎根在西安。

西安，成就了她的创业梦想。创业之初，她和老公凭借功夫面，把传统面食做出了功夫，做出了新概念，做成了品牌。他们曾经连续开了十几家餐饮连锁店，年收入超千万。经营近十年餐饮连锁品牌的曲良良，从2017年4月开始，成了创客云商平台上任意驰骋的一匹黑马。她在短短的六个月时间内，服务用户超过千人，被誉为创客云商中的黑马。

初次创业
功夫面誉满古城

黑马不是与生俱来的，即使有黑马的潜质，也得有黑马生长的环境。曲良良，之所以被誉为创客云商平台上的黑马，是她长期积累、内外兼修的结果。

能够成为创客云商的黑马，与她的第一次成功创业密不可分。创业，让她积累的不仅仅是经验，更重要的是，她在创业的同时，从不放过任何学习机会，身心灵魂，从各方面不断提高自己，完善自己。

曲良良1983年出生在海滨城市青岛，大学毕业后，她在深圳工作过四年。那四年，她感受和体验了深圳的快速发展，形成了抢抓机遇、抢抓市场的理念和前瞻性的思维，也适应了快节奏、高效能的生活方式。

2008年底，这个勇敢的女孩为了爱情，毅然决然地辞掉了位于深圳最繁华地段的福田CBD中心区的外企工作，从经济最活跃的特区城市来到古都西安。男朋友是地地道道的西安人，为人忠厚，精明能干。两人相处不久，便决定牵手。为了爱情，她可以放弃一切。

从深圳嫁到西安，曲良良开启了她的创业之路，创造了她人生一次又一次的辉煌。从连锁餐饮到可丽金，她在不断书写人生的新篇章。

扎根西安的曲良良和老公创业之初，选择的是餐饮行业。他们认为，西安是面食的王国，在面食上做文章，收益一定不会错。有一句话是这么说的："生意做遍，不如卖面"，可见面食的市场有多大。

做面食，开面馆，看起来没有什么特别，但他们相信，任何事情，只要做出自己的品牌和特色，即使别人瞧不上的小事儿，也能成就大事业。

为了做好属于自己的品牌和特色，他们对西安大街小巷的面馆做了调研。"10年前，西安的面馆到处都是，但基本上没有像样的品牌。"曲良良说，"很多面馆，从环境到出品，从卫生到管理，都不怎么样。我就在想，既然决定餐饮创业的切入点是做面食，一定要在餐厅的环境卫生、服务态度、食材质量上下足功夫，把面食做到极致，做到'差异化经营'，让顾客进店就有家的感觉和味道，吃一次，就能永远记住那种特别的味道。"

2009年元旦那天，曲良良夫妇自创的品牌"功夫面"在西安纺织城正式营业。

"我们知道生意会好，但没想到会那么好。"曲良良说，他们的功夫面，以优质的食材，独特的口味，干净卫生的环境，受到了顾客的高度赞誉。200平方米的面馆，中午和晚上，顾客排着长队在等座。这种等座的现象不是一天两天，开店几个月来一直如此，生意火爆程度令曲良良夫妇吃惊。

"我那时每天在餐厅都扮演几个角色，老板娘—财务—服务员—采购，一会儿收拾桌子，一会儿给顾客端饭送菜，一会儿洗盘子刷碗，忙到晚上11点左右，腰酸背痛。"曲良良说，"因为生意太好了，我们就想在西安继续深耕餐饮，创立自己的不同品类的连锁品牌。"

三天培训
激发二次创业热情

在很多人看来，曲良良已经是一个成功的创业者和管理者。做了将近十年的功夫面，物质条件优越，身价不菲，有儿有女的她应该悠闲舒适地去享受生活。可曲良良作为一个商人，她从未停止向前的脚步，随时在生活中寻找新的创业机会。正因为如此，遇见可丽金后，她又把可丽金类人胶原蛋白做得风生水起。

而类人胶原蛋白产品是因为儿子脸上过敏引起她关注的。

2016年春节期间，曲良良夫妇带着女儿去泰国旅游，因为儿子才一岁多，带着也不方便，就把儿子放在家里，让爷爷奶奶照看。在外旅游期间，婆婆打电话说，儿子脸上过敏，去医院看医生的时候，医生开的外用药是可愈类人胶原蛋白敷料，婆婆说"这个类人胶原蛋白产品你不是有吗？"

曲良良想起来了，她北大商学院的一个同学给她送过类人胶原蛋白产品，说类人胶原蛋白产品是目前市场上最好的医美护肤产品之一，无毒、无铅，对皮肤具有修复和养护作用。一直用香奈儿、兰蔻等国际大牌名牌的曲良良，把同学送的类人胶原蛋白产品放在家里，没敢使用。可儿子脸上过敏，医生怎么开的也是类人胶原蛋白产品呢？

等曲良良旅游回来，儿子用了可愈类人胶原蛋白后，脸上的过敏已经好了。她觉得好奇：类人胶原蛋白真的有这么好吗？于是，她开始尝试使用同学送她的类人胶原蛋白产品、可丽金面膜、可丽金健肤喷雾。用了一段时间，她觉得效果非常好，皮肤不干燥，细腻了，光滑了。尤其是健肤喷雾，用起来比自己的大牌更有效更舒服。

"这么好的产品，为什么现在才发现呢？"曲良良给她的同学打电话，问在哪里能买到便宜的可丽金产品。同学告诉她说："你想使用更便宜的产品，需要成为创客云商的创客，永远都能使用公司给予出厂价的产品。"在同学建议下，曲良良成了创客云商的一名创客。

"我不知道这个平台还可以创业，"曲良良说，"建议我做创客的时候，同学也没有详细给我说创客云商是什么，可丽金类人胶原蛋白都有哪些系列产品。"

成为创客后，曲良良不再使用从前那些昂贵的护肤品了，她不但自己使用可丽金类人胶原蛋白产品，而且还赠予亲朋好友使用。

2017年4月下旬，她的一个同学说，有一个关于创客云商和可丽

这是一个创客的时代

金的培训，邀请她一起去参加。已经用了一年可丽金产品的曲良良越来越喜欢可丽金，听说有培训时，便答应陪同学一起去听听。

可是，临近培训时，同学因为身体不适，不能去参加培训了。曲良良对同学说："你不去，我也不去了，我是为了陪你才答应的。"于是，她想退掉培训费。组织培训的人告诉她，培训班马上就要开始，票不能退了。

退不了票，曲良良心想，那就去参与一下吧，听听产品研发原理也好。再说了，这么多年，为了管理好餐厅，她也在不断参加各种培训和学习，促使自己在管理方面更上一层楼。

从2017年4月2日开始，为期三天的培训，让曲良良有一种相见恨晚的感觉，使她清醒地认识到了创客云商的前瞻性和独一无二的优势所在。低投入：一次性少量购入质高价低的产品，终生再无其他费用。低风险：无损退出，赊账经营。轻运营：不囤货、不压货、工厂代发货。创业者只需要分享产品，让消费者下单就能实现创业的梦想。

曲良良觉得，创客云商是一个没有任务压力、没有时间限制、没有中间环节的创业平台。而可丽金类人胶原蛋白，是几十名硕士、博士经过十几年研发的高科技成果，获得过国家技术发明奖、中国专利金奖、两度获得陕西科学技术一等奖。这样的运营平台、这样的产品，将会为多少创业者实现自己的创业梦想！

"创客云商这个平台太好了。可丽金类人胶原蛋白，值得更多人拥有。"曲良良说，"只有做过销售的人，才能认识到这个平台的价值所在。"

曲良良之所以这么讲，是因为她曾做过一年的销售平台。

2016年，在管理好功夫面的同时，曲良良在青岛创建了一个高端伴手礼公司，主要销售崂山茶、海参、鲍鱼等海鲜产品，服务于高端人群。公司的运营模式，是想采取线上线下同步销售，通过互联网打开销售。曲良良投资了100多万，搭建了一个销售平台。可是，在运营的一年里，她发现，搭建平台容易，但要想利用互联网平台把销售做好，并不是一件容易的事儿，销售渠道、物流运输、平台推广，都不是一时半会儿能做好的。

正是因为有过平台运营的经历，曲良良更能理解创客云商平台背后默默付出的人有多艰辛，也更坚定地认为创客云商是一个让创业像呼吸一样轻松的平台。

经过三天的培训，曲良良终于弄明白了这个新型移动社交电商平台的运营模式，她感慨道："太晚遇见你，余生全是你"。

曲良良毅然决然地决定，她要在创客云商这棵大树下做出一番事业来，在创客云商的平台上再次创业。

不到半年时间
服务用户达千人

曲良良从2017年4月开始，全身心投入到创客云商平台推广和可丽金的销售。不足半年时间，她服务过的用户超过千人。这么快的增长速度让她成为创客云商脱颖而出的一匹黑马！

可是，有谁知道，这匹黑马在征战沙场的时候，付出了多少？

这是一个创客的时代

曲良良在经营创客云商和可丽金时，遭受了多少讶异的目光和白眼，熟悉她的人无不用惊异的目光看着她。在别人眼里，她是一个成功的企业家，她家庭和美，事业有成，收入不菲，怎么会去推销护肤品呢？

可曲良良不这么认为，她觉得自己经营的不仅仅是产品，而是一个具有巨大发展潜力的销售平台，是一个只要努力就能实现梦想的平台，是每个人都能重新审视美与健康的产品。这样的平台和产品，不是大家不需要，是因为大家不了解，看不懂。这种"消费商"模型，潜藏的价值和市场空间是巨大的。

曲良良全身心投入到创客云商的运营上，她要实现自己预想的目标。于是，她风雨无阻，随时随地都在分享可丽金和创客云商，和不同的人进行沟通。早上6点起床，提着可丽金产品拜访事先约好的客户，让他们感受、体验、认同可丽金类人胶原蛋白。她就这么一个又一个地拜访，一遍又一遍地推广，请客户喝茶、吃饭、聊天。简单的事情重复做，她不止一次在深夜回家的路上，熟睡在出租车的后座上。回顾所经历的一切，连自己都不敢相信自己怎么如此艰辛还要不断坚持。她的付出，得到了相应的回报，她曾经创下一天拜访6个客户销售额达到了8万的记录。

曲良良那种不放弃的劲儿，也是令人敬佩的。有一个大V，代理了一款产品，年销售7000多万。她心想，在自媒体时代，分享经济、共享经济将会颠覆传统经济，如果这个大V能够帮她推荐平台和产品，她的销售一定能够扶摇直上。但大V有大V的忙碌。每次见面，大V都忙得晕头转向，不断接电话，不断回微信。她每次给大V推荐创客云商和可丽金时，总是会被打断，总是讲不完。为了能够把创客云商和可丽金讲清楚曲良良在两个月之内，多次找到那个大V，但大V总是忙。最终，那个大V被曲良良坚持不懈的诚意打动了，耐心地听了曲良良关于创客云商的介绍，而且成为一名创客。那个大V一再给其他人讲：任何时候，再忙，也要耐心听别人把话讲完，否则，你很有可能会错过一个很好的商业机会。

"我的时间都在一张张登机牌上溜走了。"曲良良说。经营创客云商半年多来，为了帮助解决分散在全国各地的创业伙伴所遇到的各种问题，曲良良马不停蹄地奔波在全国各地。

2017年的酷夏，曲良良为了尽快帮助云南的一个创客打开市场，她在云南一天之内讲了三场课，当圆满结束后，因为轻微高原反应和超负荷工作，她晕倒了。云南创客伙伴无不被她竭尽全力的帮助而感动。

当我问她，她的这种创业精神从哪里来时，她说了四点：

第一，品牌。我一直很注重品牌的力量。我们在做第一个餐饮品牌功夫面的时候，就在有意识地创品牌。做了创客云商的创客，我知道可丽金的品牌是响亮的，创客云商的未来一片美好。我认为，创客云商的这种运营模式，是具有未来趋势的。我告诉自己的销售精英们：这是我们自己的民族品牌，是中国人的骄傲。作为新时代女性，我们应该支持国货，弘扬民族企业的创新精神。还有，我们在创业同时，也要不忘初心，放大格局，有利他精神，树立自己的人格魅力和品牌。做事，首先得把人做好了；

第二，信念。我自从了解了创客云商的运营模式之后，就给自己设定了目标——成为最优秀的创客。尽管我曾经创业很成功，但我需

这是一个创客的时代

要重新肯定自己。有一种力量叫作相信相信的力量；要笃定，如果你知道你要去哪，全世界都会为你让路；

第三，学习。当我看好创客云商这个创业平台时，我就没有错过任何一次培训和学习的机会。只有不断学习，才能充实自己，补充营养和动能。越是新生事物，越是充满了机遇，越需要尽快学习落地方法，并把方法论转化为生产力。商机，永远都是给那些具有创新意识和有魄力的人准备的；

第四，坚持。坚持是一种责任和态度。创业路上，永远没有一帆风顺的，没有一蹴而就，不能遇到一点困难就选择逃避，既然选择了，就要按照自己的理想和目标，坚持做下去，只有坚持，才有机会，才能成功。所有成功的人，都是因为一如既往的坚持。

重视品牌、信念的力量，学习提升，不忘初心。曲良良正是因为有这样的情怀和创业理念，才精准地选择了创客云商，才使她每次创业都像黑马一样脱颖而出。

"一切很美，让我们一起向前。"曲良良说。

张艳红

创业为了资助更多的贫困生

在创客云商之前，张艳红就曾资助贫困生。创客云商，一个创业的平台，很多创客通过这个平台实现了自己的创业梦想。可张艳红却说，她在这个平台上赚了不少钱，不管是现在，还是未来，她在创客云商赚的钱，全部用于资助贫困生。张艳红是一个把可丽金类人胶原蛋白产品销售到国外的创客，也是一个把在创客云商赚的钱全部用于资助贫困生的创客。

她是一个让人钦佩的爱心人士！

她是一个值得人们尊敬的创客！

当了一回政要的翻译
让她对创客云商刮目相看

张艳红曾经是一位老师，因公派出国，在国外生活过八年。回国后，开始创业，她有两家公司，因为经营有方，公司做得蓬勃兴旺。

作为两个公司的老总，她为什么还会选择做创客云商的创客？她又是如何销售可丽金类人胶原蛋白产品的？

2007年，张艳红的一个朋友给她送了几套由西安巨子生物公司生产的类人胶原蛋白护肤品，一直使用国际大牌化妆品的张艳红，抱着试一试的心态，使用后她发现，由巨子生物生产的类人胶原蛋白护肤产品，比她使用过的那些国际大牌效果还要好。从那个时候开始，张艳红不再使用任何大牌名牌化妆品，她只用类人胶原蛋白系列产品。那时类人胶原蛋白产品，只在医院销售，市场上根本买不到。

到了2009年，出于对类人胶原蛋白产品的认可，她认识了巨子生物首席科学家马晓轩和巨子生物董事长严建亚。她对严建亚和马晓轩谈了她使用类人胶原蛋白产品的感受和效果。同时询问除了医院在哪里还能买到类人胶原蛋白的产品时，严建亚说，只要你喜欢，我可以再送你。

"我是所有创客中最早使用类人胶原蛋白产品的人之一，也是类人胶原蛋白真正的受益者。"张艳红说，"所以，在创客云商搭建平台之前，我就和严总（严建亚）、马博士（马晓轩）、金主任（金乾生）在一起探讨，如何搭建销售平台、如何吸引创客们在这个平台上创业。"

2015年9月9日，创客云商正式上线，张艳红第一时间选择了创客云商，成了创客云商最早的创客之一。

张艳红说："我当时做创客，是对创客云商这个平台感兴趣。因为，第一，创客云商跟其他平台最大的区别在于，不需要囤货发货，不需要占用资金，很多平台都实行进货越多越便宜的运营模式，导致很多注册者积压大量货物，甚至出现滞销过期的现象，而创客云商不存在囤货发货的困扰，只要消费者下单，公司统一配送；第二，我一直在使用可丽金类人胶原蛋白系列产品，没有平台的时候，我可以问严总要啊，现在公司搭建了平台，市场上有销售，我不能再去问人家要产品了吧，所以，我做创客，主要是为了自己能够用上物美价廉的产品。"张艳红笑呵呵地说："我做创客的时候，就是想着方便自己和亲朋好友，根本就没想到在创客云商还能赚钱。"

2016年5月26日，20国集团政要前往西安巨子生物公司参观，马晓轩博士让精通外语的张艳红前去帮忙翻译。那天，戒备森严的巨子生物公司会议室内显得庄严肃穆，20国集团政要在了解了关于类人胶原蛋白的研发并试用了产品后都纷纷竖起了大拇指。一位法国政要在与张艳红的交流中赞不绝口："中国制造越来越强，中国的产品在世界各地都能看到，类人胶原蛋白了不起，是妇女们的福音。"

这是一个创客的时代

客串那次翻译之后，张艳红对类人胶原蛋白和巨子生物公司有了更深刻的了解。20国集团政要们能到巨子生物公司参观，并且对类人胶原蛋白产品大加赞赏，可见，国家对这项科研成果的重视程度。

"我在这之前只想着自用，没想着要去过多地分享，那次当了翻译之后，我又开始重新研究创客云商这个平台，认真了解类人胶原蛋白所有产品和性能，这么好的产品，这么响亮的品牌，我得分享给所有的朋友，也让他们享用物美价廉的护肤产品。"张艳红有点兴奋地说，"我就是从那个时候开始，不断分享可丽金类人胶原蛋白。很多朋友看到我分享的可丽金，都纷纷咨询购买，我成了公司2016年8月—10月，连续三个月的销售冠军。"

为了能够帮助那些想创业却没有启动资金的创客，张艳红拿出了100万用于资助和鼓励创业者，很多创客在她的帮助下，也实现了自己创业的梦想。

认识了一个老外
让她把可丽金销售到国外

要做好销售，除了对产品有深刻全面的了解，还要有敏锐的触角。

2015年5月23日，在西安举办的"2015（迪拜）全球贸易发展主题周"媒体见面会上，张艳红认识了迪拜纳世利网总裁爱德先生。

张艳红了解到，纳世利网是迪拜最有影响力的网站之一，爱德先生曾和马云共同参加过很多国际互联网方面的会议。张艳红在与爱德先生的交谈中，爱德先生把他的副总介绍给张艳红。张艳红发现，那位副总的手上有一道疤痕，她就把可痕及可丽金的其他产品赠送给了那位副总，并且详细地介绍了如何搭配使用。

过了不久，爱德先生和他的副总与张艳红联系，对可丽金类人胶原蛋白系列产品给予高度赞誉。那位副总用了可痕之后，手上的疤痕基本上消失了，健肤喷雾让她的肌肤有了极大改善，她觉得可丽金真的很神奇。这正是张艳红所期待的回馈。因为，她知道，中东的气候很干燥，类人胶原蛋白产品在中东都有很大的市场，这个市场是巨大的、值得开发的。

张艳红通过不断沟通和交流，与爱德先生初步达成了可丽金类人胶原蛋白产品在迪拜销售的意向。

2016年7月31日，爱德先生从迪拜来北京开会，张艳红前往北京，与爱德先生进一步沟通了可丽金类人胶原蛋白在迪拜销售、合作的具体细节。他们对可丽金在迪拜的销售充满了信心。

"那个地方消费能力很强，尤其是可丽金产品，有很大的市场潜力可挖。"张艳红说，"通过与爱德先生一年多地合作和销售，销量虽然在不断增长，但因为种种原因，还没有形成大批量销售，我正在和有关部门沟通，争取全面打开中东市场。"

张艳红是一个把可丽金类人胶原蛋白产品销售到国外的创客，也是创客中业绩最好的创客之一。

当我问她成为创客云商的创客两年来能赚多少钱时，她笑着说：

这是一个创客的时代

"我在创客云商这个平台上赚的钱全部用于资助贫困生了。"

资助贫困生
任何时候都不会改变

"留守儿童是我们国家现在国情之痛,明天早上我将踏上心灵洗涤之旅,去贵州山区看望我的孩子们。我知道我的力量太单薄,但只要有爱就可以改变命运……"这是张艳红2017年8月27日发的一条微信。

8月29日,张艳红前往贵州省铜仁市雷首山区白蝶的家中,面对一贫如洗的状况,看着濒临倒塌的房屋,看着外边下着大雨,家里下着小雨的窘迫,她忍不住心酸落泪。

张艳红发了一条这样的微信:"还在挨家逐户走访慰问,我收养的几个孩子中,白蝶是我最心疼的孩子,妈妈生妹妹时大出血死亡,爸爸被山洪冲走,至今没有消息,唯一的亲人奶奶也七十多岁了,是个癌症患者[流泪][流泪][流泪]。我郑重承诺:白蝶和妹妹以后所有的生活和学习费用我全部承担,如果奶奶离开了,我会把两个孩子接到西安同我一起生活,我多了两个女儿[爱心][拥抱][爱心]"。

我在采访中得知,张艳红2017年通过走访、核实,先后在云南、贵州、陕西、甘肃山区总共资助了120名贫困生,其中有6名孤儿,她将全程跟踪,资助到他们大学毕业。

当我问张艳红资助了多少贫困生时,她说:"具体数目我说不清楚,反正我每年都在资助,我资助的学生都是我自己去找的,从来不通过任何组织去大张旗鼓地资助。"

我又问她,从什么时候开始资助贫困生,资助了多少年?张艳红说:"十几年了,我资助的学生,上北大、清华的都有,每年教师节时,我都会收到很多微信、贺卡。"

"很多人都问我,你为什么要这样做,我说,因为我曾经是老师。"张艳红说,"我深刻地意识到老师的角色在人生命中起着多么重要的作用,我希望通过自己的努力,让所有的学生都能健康成长,学有所成。"

张艳红说,十几年前,她去陕西户县调查贫困生的情况,有一个学校的老师陪同她走访了几个贫困生的家庭,因为山区道路崎岖不平,她穿的高跟鞋鞋跟掉了,只好在路边修鞋,鞋匠是一个聋哑人,在修鞋的过程中,陪她的那位老师对她说,这就是他们走访的一个贫困生的父亲,他母亲去世了,父亲是聋哑人,尽管家里贫困,但那个学生学习很好。张艳红当即决定,她要资助这个学生直到大学毕业。后来,那个学生考上了清华大学,毕业后留在国家机关工作。只要回西安,都会去看望资助他上学的张艳红。

有一次,张艳红去甘肃一个山区看望贫困学生,一个小学生问张艳红:"阿姨,你每天都能吃上白馍馍吗?"张艳红看着那个孩子,眼泪哗地就流了出来,她紧紧地握着那个孩子的手说:"孩子,你要好好学习,只有学习才能改变你的命运,才能走出这贫困的山区,才能每天都有白馍馍吃。"

这件事虽然已经过去好几年了,但张艳红在谈到这件事时,还

这是一个创客的时代

是有点激动。她说:"当我们说贫困的时候,往往只是一个概念,只有你亲眼看到了,才能有一个真实的感受,才能知道如何珍惜我们美好的生活。我们每天在餐桌上浪费那么多食物,而贫困山区的孩子居然连一个白馒馍都吃不上。我永远忘不了他的那句话,忘不了他黑白分明的眼睛。"

从那时开始,张艳红经常带着自己的员工,去那些贫困山区,走访看望那些贫困生。有一次,她带着自己的员工去安康一个贫困山区,在一所学校里,他们了解到,学校还缺很多教学设备。随她一起去的员工,自觉自愿地捐了一些款,但要购买设备还差很多钱。张艳红对员工说:"你们有爱心,我很感动,不足部分,我个人解决。"

谈到资助贫困生,张艳红说:"我个人的能力毕竟有限,但我会尽我最大的努力。"

当问到张艳红资助学生的事儿有没有媒体报道时,她说,中央电视台《半边天》栏目曾给她做过资助贫困生的专访,当时是受助者给电视台说的。

"我资助学生的事情,从来没有通过任何机构,也从来不给媒体说。我觉得,一个人如果真心想帮助别人,就不可能帮助了别人还要到处声张,那不是作秀吗?"张艳红说:"你资助过的学生,他们会有感恩之心,他们会把这种爱心,这种正能量传递下去。"

在采访中,我了解到,张艳红资助的所有贫困生,都是她自己开车进村,逐一落实核对才选择的。她要做到,资助真正需要资助的贫困生。每年暑假,她都会选定几个地方,挨家挨户逐个了解,然后确定资助对象、资助时间。资助的每一个学生，她都会跟踪回访，都会关心他们的每一步成长，都会让他们感到爱心的力量。

让我感到敬佩的是，张艳红自从做了创客之后，她不仅把可丽金类人胶原蛋白系列产品销售到了国外，而且还把在创客云商赚的钱全部用于资助贫困学生。

"我听说，你把在创客云商这个平台上赚的钱全部用于资助贫困生了。"面对我的提问，张艳红说："在创客云商之前，我就在资助贫困生。创客云商是一个创业的平台，很多创客通过这个平台实现了自己的创业梦想，我在这个平台上也赚了不少钱，不管是现在，还是未来，我在创客云商赚的钱，全部都会用于资助贫困生。"

当我问她，为什么要坚持不懈地资助贫困生时，张艳红说："其实很简单，我是一个老师，希望学生健康成长。我资助他们，感到很快乐，看着他们学有所成，我很开心。"

张艳红，是我采访创客云商所有创客中，唯一一个把可丽金类人胶原蛋白产品销售到国外的创客，也是唯一一个把在创客云商赚的钱全部用于资助贫困生的创客。

她是一个让人钦佩的爱心人士！

她是一个值得人们尊敬的创客！

姚巧红

帮助别人成就自己

赠人玫瑰，手留余香。如果不是遇到创客云商，我永远都不会对这句话有刻骨铭心的理解。之前的创业，只是让我有了财富的积累，而在创客云商的创业路上，我收获更多的是爱与快乐，是团结和帮助带来的幸福感。没有一个创业项目是一帆风顺的，但是有一大群志同道合、方向一致的人一起创业，所有的坎坷和曲折，都会被共同进步的脚步踏成坦途，直达目标。

相见恨晚的创业模式

姚巧红曾经是一个国有企业的职工,在很多下岗职工消极悲观时,她却选择了自主创业。

创业是一种自信的表现,是对自己的挑战与考验,也是实现自己梦想的具体行动。很多人在创业之初,豪情万丈,激情饱满,可在创业的道路上,遇到艰难险阻就望而却步,理想与梦想在艰辛的创业途中破灭,梦想在变成泡沫之后留下的只是唉声叹气。姚巧红说,她之所以能够成功,完全是受母亲的影响。她母亲一直在做生意,对她潜移默化的影响坚定了她的创业信念。她从工厂出来之后,曾在母亲的公司里干过一段时间,当她熟悉了企业的管理和运营之后,她提出自己要开公司,母亲不但鼓励她,还支持她,让她勇闯市场。

"创业有了目标,贵在坚持。"姚巧红是这么说的,也是这么做的。也正因为她的坚持不懈,她自己创办的公司在运营的十几年中,一直沿着自己的目标在发展。她虽然没有把自己的企业做得多么出类拔萃,但在不断上升的业绩中,她积累的不仅是物质财富,更是精神上的财富。

2014年,儿子去温哥华上学,她把公司委托给别人,和母亲一起

这是一个创客的时代

陪儿子在温哥华上学。通过打拼赢得人生成功的姚巧红并没有因此而止步。

2016年1月,回国不久的姚巧红在小区里散步,小区里的一位姐姐给她推荐了可丽金类人胶原蛋白蚕丝面膜和健肤喷雾等系列产品,她开始有点抵触,觉得现在的产品推销无处不在,就连散步都不得清闲。过了几天,那位大姐遇到她,还是给她介绍关于类人胶原蛋白的相关产品。她出于礼貌,随便应付了一下,出乎意料的是连续两次拒绝一个人,这个人不可能第三次还要缠着你。可是,当她第三次遇到那位大姐时,她被大姐的执着感动了,她礼貌性地询问了类人胶原蛋白的情况。那位大姐建议她一起去巨子生物详细了解,正好她那几天没什么重要的事,就和那位大姐一起去了。

"我之所以答应一起去看看,并没有想着使用类人胶原蛋白产品,只是为了给那位姐姐个面子。"姚巧红说。因为,多年来,她的化妆品,一直使用的是国际一线品牌的产品,每次购买都要花几万块钱。

2016年1月23日,姚巧红抱着散心消遣应付的心态,走进巨子生物。当她听到类人胶原蛋白是20多位博士经过十几年研发,获得过国家技术发明奖,是全球独一无二的产品时,她突然有一种相见恨晚的感觉。她为对那位姐姐的抵触和怠慢而歉疚,心想,西安竟然有这样的产品,有这么好的平台。

经过了解,创客云商是一个产业互联网平台,实现了消费者与工厂的无缝对接,杜绝了各种假冒伪劣产品的危害。它和其他电商微商不同,很多电商要囤货、要发货,而创客云商只要在网上店铺下单,厂方就会根据消费者填写的信息统一发货。而创客云商的产品,全国统一价格，只需要分享，有人在自己的网上店铺购买产品，自己就有收益。这样的品牌，这样的产品，这样的平台，低风险的创业方式，不做，更待何时？

听完培训课，姚巧红又找到了创客云商的创始人马晓轩，做了更详细的了解后，当即决定，成为一名创客，开启她人生的再次创业征程。

愈挫愈勇的创业激情

从成为创客那天起，姚巧红就给自己定了一个目标，只能成功，不能失败。在创业历程中，她看到过太多的失败者。那些失败者，无一不是半途而废。她觉得，只要看好的事情，就要毫不动摇，坚定不移地去做，只要能坚持下来，一定会有收获。

原本打算到温哥华继续陪儿子上学的姚巧红，给母亲打电话，说她要创业，希望母亲能帮她照顾儿子，也希望母亲能够理解。母亲只说了一句话，"只要你看好了，就去认真地做。"丈夫对她的创业也给予很大的支持。

姚巧红在全面了解了类人胶原蛋白的功效和作用后，自己便抛弃用了多年、价格昂贵的国际一线护肤品，开始用类人胶原蛋白产品。用了一段时间，她觉得，类人胶原蛋白产品在价格上远比国际品牌低得多，效果却比一线品牌的产品好。尤其是对皮肤的改善和修复作用是其他产品远不及的。

这是一个创客的时代

姚巧红的表妹在汉中，属于过敏性皮肤，每年春季，脸上都会起红疹，为了治疗过敏性皮肤，表妹换了很多价格昂贵的护肤品，吃了很多保健品和中药，但每年到春季，依然奇痒无比，苦不堪言。姚巧红把舒敏系列产品送给表妹，并认真详细讲解了使用方法。表妹将信将疑，用了不到一个月，彻底改善了困扰她多年的皮肤问题，这让她与表妹之间的感情更近了一步。

还有一次，姚巧红把可丽金推荐给了有肌肤问题的另外一个亲戚，那次"惊险"的经历记忆犹新。那位亲戚面部皮肤治疗多年无效，她推荐使用了类人胶原蛋白的第三天，脸上出现了爆皮现象，大片的皮肤脱落。亲戚不无担忧地给她打电话，她也感到恐慌，就去巨子生物询问马晓轩博士。马博士笑了笑说："让你的亲戚大胆地用。爆皮是修复皮肤的一个过程，再用几天就好了。"果然，过了几天，亲戚兴奋不已地打电话说，面部皮肤已得到了极大改善。

类人胶原蛋白产品在表妹和亲戚身上得到了良好的体现，也激发了姚巧红更大的信心和激情。姚巧红开始广泛分享类人胶原蛋白，她认为把好的产品推荐和分享给亲朋好友，是一件积福行善的事情。

姚巧红的第一个客户是保险公司的。那位保险公司的员工因为车险和她成了多年的朋友，她在分享推荐可丽金类人胶原蛋白时，保险公司的那位朋友建议她到他们办公室做一次讲解。姚巧红带着产品去了，在讲解之后，她给办公室里几个人每人送一瓶类人胶原蛋白健肤喷雾，并加了微信，希望能分享。保险公司的一位员工说，她一个远在贵州的亲戚也想要一瓶健肤喷雾，姚巧红让贵州的那位朋友加了微信，当天就给她寄了产品。过了不久，贵州的那位朋友问她："姐姐，我能不能在创客云商做一名创客？我也想创业。"喜出望外的姚巧红很快就帮那位朋友办理了相关手续。

"不一定每个人都会做创客，但你必须把每个人都当成你的朋友，要不离不弃。"姚巧红说，凡是在她朋友圈的人，她都像对待朋友一样，隔三差五地给他们分享产品。也正是因为这样的执着和耐心，才使她实现了越做越大的理想目标。

有一次，她和老公在一个火锅店就餐，因为人多，突然来了四五个外地人坐在了他们对面。因为是大圆桌，听着那四五个人外地的口音，她心想，怎样才能和他们交流，既不让他们反感，又能给他们推广可丽金类人胶原蛋白系列产品。就在她苦思冥想的时候，服务员不小心把汤洒在了一个女孩的手背上，女孩惊叫着站起来，疼得龇牙咧嘴。姚巧红急忙从包里掏出类人胶原蛋白健肤喷雾，急忙为那位女孩喷洒。因为及时使用了健肤喷雾，那个女孩被烫的皮肤没有起水泡，姚巧红把健肤喷雾送给了那个女孩。她的热心感动了那个女孩，离开时，女孩主动加了姚巧红的微信。过了不久，那位女孩在微信上给姚巧红说，健肤喷雾非常好。姚巧红趁机给那个女孩介绍关于类人胶原蛋白系列产品，并鼓励她也成为创客。女孩说，她不做营销。可姚巧红发现，女孩在微信上卖水果。由此推断，女孩对类人胶原蛋白的了解程度还比较浅薄。于是，她隔三差五地给女孩发一些关于类人胶原蛋白的新品信息，并告诉她，做创客云商的创客，比卖水果简单还赚钱。在姚巧红的耐心鼓励下，那个杭州的女孩终于成了创客云商的创客，而且做得相当不错。

这是一个创客的时代

陕西某电台一个主持人,在主持一个关于女性健美的节目时,姚巧红主动接触,并介绍了类人胶原蛋白,那位主持人有点不屑一顾。姚巧红心想,我有的是耐心。她反反复复地给主持人介绍产品,主持人说,她从上学到工作,从来就没有做过生意,不知道怎么做,也不想做。姚巧红耐心细致地给她讲了创客云商平台的优势和独一无二的产品,并把她请到巨子生物,让她参观,让马博士给她讲解。主持人抱着试一试的心态成为一名创客了,不到三个月,主持人就成了优秀的创客,收入远比她的工资高出很多。

有一位宝妈,因为在家看孩子,没有经济来源,丈夫回家之后什么也不干,她从卡上取的每一分钱,丈夫都能收到短信。这位宝妈觉得自己很窝囊,在家里没有任何地位。在姚巧红的鼓励下,她成了创客,很快,她的收入就超过了丈夫。现在,丈夫每天回家主动承担了家务,态度也比以前好多了。她感动不已地对姚巧红说,是创客云商改变了她的命运,让她实现了自己的价值,她要用自己赚的钱,给她妈妈买一套大房子……

姚巧红说,做任何事情,都不是一帆风顺的,只要有愈挫愈勇的精神,最终一定会取得成功。

越做越大的创业梦想

"只要我认定的事情,我都要尽自己最大的努力,做到最好。"姚巧红说,"当对创客云商的运营模式全面了解之后,我给自己定下了更高的目标，成为公司的正式员工。"

姚巧红是2016年1月23日在创客云商开始创业，3月5日，她已成为公司的正式员工。决定服务更多用户的姚巧红给远在温哥华的母亲打电话，母亲听了她的想法之后，态度坚决地说："你放心去做吧，我相信你"。母亲的支持给了她更大的动力，也让她感到压力。

为了全力以赴拓展客户，她从来不放过任何一次聚会的机会，不放过任何一个人。她给自己定下了目标，每天至少约见3个人，公司的培训，保证每场必到，她要学习了解产品的功效和作用，借鉴别人的经验。她的目标就是要成为一个真正的创业者。她制作了易拉宝，在各个小区门口展示推广，凡是有了解的人，她都会耐心地为他们介绍。面对那些质疑的客户，她会不厌其烦地做解释工作。

每天晚上回家，她都把当天的工作进行记录梳理，认真反思与客户交流的所有细节，不断积累经验，她不在意质疑的声音，反而认为那些质疑的声音是因为她的工作没有做到位。她对自己的要求到了苛刻的地步，经常因为反思与客户交流的细节而失眠。

"我并不缺钱，我完全可以生活得舒适一些，可是，我既然选择了这件事情，我就得把它做好，否则，我无法给我自己交代。我相信，任何事情，只要矢志不渝地坚持，做起来就会越来越轻松。如果犹犹豫豫，身心都会感到疲惫。"姚巧红说，"我很累，但是我觉得很快乐，我把好产品推荐给更多人，让更多的人受益，他们高兴，我也开心。"

姚巧红用拼命三郎的精神，让自己能帮助更多用户。为了能帮助更多用户提升专业知识，她手把手地扶持他们，帮助他们。"帮助别

这是一个创客的时代

人,就是成就自己。"姚巧红要求周围的创客也要有"帮助别人成就自己"的理念。

当我问她成功的秘诀是什么时,她笑了笑说:"坚持,一定要不忘初心地坚持!"

黄雷

身经百战的美业界奇人

护肤品市场是一个巨大的市场，也是一个充斥假冒伪劣产品的市场。如果使用假冒伪劣的护肤品，不但给女性的美与健康造成伤害，也会对美容连锁机构的品牌带来不良社会影响。因此，在美容连锁店选用护肤品时，黄雷一直在寻找和使用既能健肤护肤，又安全有效的产品。而西安巨子生物生产的类人胶原蛋白护肤健肤产品在医院里已经使用了十几年，具有独一无二的品牌和影响力。在黄雷极力推动下，美业界刮起了一阵类人胶原蛋白的旋风，改变了美业界有效果不安全、安全无效果的尴尬局面。

黄雷的身上有很多传奇故事，他一个大老爷们儿，却选择了如何让女人更美的行业，而且在这个行业里干得如鱼得水。他曾成功地策划过30店同开的活动，这让他的名字在一夜之间响彻美业界，连锁店也迅速遍布全国各地；他组织发起的各种论坛讲座，促进了美业更健康更规范的发展；当遇到创客云商时，他又用可丽金类人胶原蛋白在美业界树起了新的标杆。他的传奇故事和坚持不懈的创业精神，让他在创客云商的平台上大放异彩……

涉足美业
从高大上到连锁店

采访黄雷，颇费周折。因为他在成都，每次到西安，总是来去匆匆。有几次，我到公司，他刚离开。不能面对面采访，就寄希望于电话采访，可是，电话采访，总是约不到一起，不是他有事，就是我有事。我始终没有放弃对他的采访，直觉告诉我，他是一个有故事的人，一个有创业精神的创客。

2017年12月12日上午，再次微信联系黄雷采访，他说，他要开一天的会。我说，那就晚上十点电话采访。他答应后，我心想，这次如果他再失约，我就不再采访他，不能因为他一个人，耽误了出版时间。可是采访结束后，我觉得，我坚持要采访他是对的，因为在创业的道路上，他太有故事，也太有魄力了！

作为一个铁骨铮铮的汉子，黄雷涉足美业纯属偶然。2006年初，黄雷的爱人代理了一款化妆品，销量总是不理想。学过营销管理、曾开办过贸易公司，正在从事路桥工程的黄雷，通过精心策划，成功地帮助爱人提升了那款化妆品的销售量。在此过程中，黄雷发现，在中国，女人和孩子永远是消费的主体，尤其是女人，从服装到化妆，有着巨大的市场空间。

在对美业市场进行认真调研之后，黄雷发现，美容行业从传统的供求关系、专业线渠道，以及店面的经营管理、营销、发展等都存在着很大的不足，甚至是误区。他觉得，要做好女人的消费市场，就得从社会的最小单位——家着手发展。在中国，一个家庭的消费几乎80%的都是由女性完成，小到柴米油盐，大到家电、汽车、珠宝、奢侈品等等。黄雷欲以美丽事业为契机，从美容行业的研发生产、教育培训、咨询策划、连锁推广等，再到以高端女性生活消费为基点，打造一个包含有机生态农业和高端奢侈品消费的全新的服务与消费一体的产业链集团。他要打造一个既能让女人有美的感受与提升，又能够互动和交流的场所。

经过深思熟虑，黄雷租了一个千余平方米的门面，仅装修就花了200多万。他要给美容界一个耳目一新的感觉，他要给传统的美容行业一点新气象。

这是一个创客的时代

可是,让黄雷没有想到的是,他花了200多万装修的美容院开业之后,生意却出奇地冷淡。经过几个月的坚持,黄雷不得不接受一个残酷的现实,他的理想破灭了,投入大量物力财力精力的美容院竟以失败草草收场。

在失败面前从不低头的黄雷,把装修豪华的美容院转让了,那个寄托着他创业梦想的门面成为商务会所之后,生意红火得让他羡慕嫉妒恨。

为了寻找失败的原因,黄雷又开始了新一轮的美容市场调研,很多美容院在他的指点下生意红火了起来。此时的黄雷才幡然醒悟,自己花几百万装修的美容院为什么没有生意。他发现,在店面装修上他以男人的兴趣和爱好进行设计,缺乏女性的温和与柔美,也缺乏温馨的感觉。

找到了失败的原因,黄雷又计划着如何东山再起。于是,他花了80多万元,收购了十几家美容店,统一装修、统一标识、统一管理。

"那时,我并不知道那就是连锁经营,但是我的做法,完全是连锁经营的模式",黄雷说,"事实证明,我当时的那种运营模式是正确的,也是成功的。"

连锁美容店的成功经营,让黄雷对美业又充满了希望。做好美业,不一定要高大上,平民化、大众化更有市场。他相信,他一定会在美业领域闯出一番事业,一定能擎起一面属于黄雷的旗帜!

让美容回归服务
倡导美丽健康新生活

在运营美容连锁店的过程中，黄雷也在不断积累和总结经验。2009年，黄雷创立了威莎国际投资集团。创始之初，他将公司定位于关爱女性品质生活，关注美丽健康养生事业，而不是做一个简简单单的美容护肤品公司。对于消费者而言，公司是为女性提供高品质生活方式及保障系统的集成者；对于事业合作伙伴而言，公司带领他们创新了营销模式，颠覆了传统，找准行业的最终归属；对于美业来说，公司是中国美容自由连锁快捷发展的专家与引路人！黄雷为美业树立了新的风范、格局、思想和理念。

黄雷对美业有了自己的思考和发展理念。当美容行业处于一个疲惫低迷期时，黄雷又倡导"让美容回归服务"而非销售的经营观念，强调回归、服务，强调感受、愉悦、和谐，塑造中国幸福和谐新女性。他的这种理念，让众多的美业经营者醍醐灌顶，信心倍增。

黄雷不仅深刻指出多年来美业经营的误区，而且率先在自营连锁体系运用新的方式，创造出行业从未有过的辉煌成果——单客单次消费常规项目138万。这个记录，虽然是行业之最，但是，威莎提倡的不是以数字为导向，而是以顾客的个性需求为标准。"美容是一种生活方式"的理念，如同冬日的太阳，温暖了行业经营者，使整个行业吸收了强大的能量，重获新生。

2010年，黄雷突然意识到，像美容单店这样明显弱势的群体，只有抱团取暖，相互依靠，相互信任，朝着一个方向使力，才会抵制行

这是一个创客的时代

业的冲击，才会有更远大的发展。因此，黄雷提倡并实施"合力、合智、合资"的运营战略，分别在不同地区，以有影响力的经营者为主成立了十五家自由式美容连锁店。

威莎已经成了黄雷在美容界树起的一面旗帜。

2011年，黄雷在长沙策划了一场30家美容店同时开业的活动。这场声势浩大、引人瞩目且轰动一时的活动，使威莎的影响力从湖南省内的美业界迅速传遍了全国各地，拥有专业线十几个品牌的代理商、当地垄断性的大连锁店、全国知名美容连锁机构，成都、贵州、黑龙江、江西、内蒙古、河南、广西、广州等地的美业人士，不约而同来到了坐落于美丽的长沙金鹰影视文化城的骏豪花园，参观、学习威莎先进的模式和管理经验。

这次成功的活动策划和威莎先进的运营模式，使黄雷迅速成了国内美业界的传奇人物，威莎连锁店也像雨后春笋一样在全国各地迅速落地开花。

在随后一年多的时间里，很多美容企业对威莎进行了深入的研究，甚至派人"卧底"，总结威莎的种种经验。让她们好奇的是，威莎员工对职业的认同感，竟远远高于她们的高管层。威莎对行业的解读独辟蹊径，是以跳出美容业、放眼看世界的思维在运作。

在全国美容连锁研讨会上，中国美容协会的秘书长也发出号召：我们要学习威莎的创新模式，提升美容行业的服务附加值和美容业的整体档次，避免美容行业的信任危机。

2013年，在美业界颇有影响的黄雷，加入了亚洲杰出美容企业家协会、亚洲美容集团，并被任命为常务副会长。黄雷充分运用协会这个平台，联合一些杰出的美容公司，成功地举办了几届衡山论道、百问百答等大型公益公开课，广泛传播正确的经营理念和方式，让美容行业更规范，更健康地发展。

创客云商体验店
为美业发展树起新标杆

在美业摸爬滚打了几年的黄雷深知，要做好美容连锁的经营，最主要的是对产品的统一管理和配置，确保美容产品的安全性、有效性。

护肤品市场是一个巨大的市场，也是一个充斥假冒伪劣产品的市场。如果使用假冒伪劣的护肤品，不但给女性的美与健康造成伤害，也会对美容连锁机构品牌带来不良社会影响。因此，在美容连锁店选用护肤品时，黄雷一直在寻找和使用既能健肤护肤，又安全有效的产品。

2014年，当黄雷得知类人胶原蛋白产品是由西安巨子生物生产时，他便前往西安，拜访巨子生物董事长严建亚，了解关于可丽金类人胶原蛋白系列产品的性能和功效。在和严建亚交谈过程中，黄雷才知道，巨子生物是全球少有的量产类人胶原蛋白的生产厂商；类人胶原蛋白产品在医院里已经使用了十几年，具有"世界首创、国际领先"的品牌和影响力。黄雷被严建亚董事长前瞻的思想、卓越的人格魅力彻底征服了，对马晓轩严谨的科学态度，执着的事业精神深感钦佩。

在黄雷的极力推动下，美业界刮起了一阵类人胶原蛋白的旋风，

这是一个创客的时代

解决了美业有效果不安全、安全无效果的尴尬局面。帮助美业诸多店面扩大了知名度，形成核心竞争力。

2015年9月9日，代表产业互联网崛起的创客云商正式上线运营。创客云商是一个低风险，通过分享就能创业的产业互联网平台，实现了厂商与消费者无缝对接，颠覆了电商囤货、发货等劳心劳力的传统模式。创客云商的运营，为那些互联网创业者提供了展示才华的机遇和平台。

已经在美业界推广可丽金类人胶原蛋白的黄雷，觉得创客云商的运营模式，不仅适合所有人群创业，更适合美容院线的普及与推广。于是，在美容界颇有影响力、又被称为美业专家的黄雷，用了仅仅一个月的时间，就完成了3100多万的销售业绩。作为创客云商最早的创客之一，黄雷创造的奇迹迅速在创客中流传开来，他成了众多创客的榜样，成了创客云商的一个标杆。

通过两年多的发展，黄雷的服务能力已经辐射几千人，他在辅导创客创业的同时，提出了创客云商线上线下互动营销的发展模式，大力推广和构建可丽金类人胶原蛋白体验店，让更多的人了解创客云商的运营模式，让更多人体验可丽金类人胶原蛋白的独特价值和功效。

如今，身为创客云商副总经理、美业部经理的黄雷，在接受采访时说："可丽金拥有巨大的市场，创客云商是一个潜力巨大的产业互联网平台。要不了多久，创客云商就会成为一个千亿级的平台。"

"如果说创客云商是线上营销的话，那么，可丽金类人胶原蛋白体验店就是线下营销，"黄雷说，"实现线上线下营销，才能全面推动产品的销售，才能为更多的人提供体验的机会。"

当我问黄雷下一步的目标是什么时，他说，他目前最主要的任务就是不断推动可丽金类人胶原蛋白体验店的发展。现在，他已经帮助开设了400多家体验店。2018年，他要让体验店突破千家。

曾经在美业界叱咤风云的黄雷，如今，他又用可丽金类人胶原蛋白，为美业的发展树起新的标杆，让美与健康成为更多人的生活方式。

卫洋华

信任是创业成功的"魔法"

我用自己近二十年积累的管理、创业、运营经验,以及在创客云商平台的体验结果做出综合判断:创客云商,可以说是一个非常稳健的产业互联网平台(分享经济、消费商是大趋势),专注于与大众生活息息相关的健康与美丽产业(产业链具有高成长性),产品又具有核心技术和价值,政府大力扶持,集天时、地利、人和于一身。很多创客通过创客云商平台提升和完善了自己,遇见了更加美好的自己,收获了健康、美丽与财富。

从2012年年底创业以来，卫洋华的身份也在不断发生着变化：悦合荟商业联盟发起人、陕西悦合商贸有限公司总经理、清华大学房地产商会西北联合会理事、创客云商正式员工等等，大家都叫她"美丽的精英""斜杠女青年"。通过五年的打拼，她实现了自己创业的梦想。当遇上创客云商时，她觉得创客云商为她的传统创业插上了腾飞的翅膀。

与冯仑交谈
确立大健康大环保创业方向

卫洋华1979年出生在四川德阳一个军工企业的大院内。她的父亲是那家企业的高级工程师，父亲对工作严谨负责，为人处事热情周到。在父亲的影响和教育下，她从小就积极阳光、自信坚强，正是因为她的这种性格，才让她在创业的道路上能够勇往直前，取得成功。

卫洋华虽然出生在四川，但从上大学开始，她就扎根西安了。在大学，她学的是涉外文秘，很多同学在毕业后，都去了外资企业，而她却选择了刚刚入驻西安的业之峰装饰。

这是一个创客的时代

"业之峰装饰是我人生的第一份工作,我非常感谢这份工作给我提供的锻炼机会,"卫洋华说,"在业之峰,我除了没有干过财务工作,其他部门的很多岗位我都干过,做过前台、行政、人事、客服、市场部助理、设计部助理等等,主动加班、主动兼职多个岗位,出色地完成了一个又一个工作小目标,后来,又被集团公司提升为西北大区的管理中层,负责西北地区的市场开拓和管理。"

在负责西北地区市场开拓的那段时间,卫洋华带着同事前往陕西宝鸡、甘肃兰州和酒泉等地调查市场,设立分支机构。她认真负责的工作态度和良好的工作业绩赢得了领导的信任和肯定,对同事关心爱护,深得同事喜爱。

在孩子上了幼儿园之后,她在女儿幼儿园对面的创业广场一家进出口公司找到了一份办公室主任的工作。办公室主任的工作,烦琐却非常重要,她一个人做过去三个人才能完成的工作,老板对她超强的能力和光明磊落的品格非常认可,提前转正和加薪。这份工作待遇稳定,最重要的是朝九晚五还有双休,能够兼顾孩子和家庭。小日子过得简单、平静,原以为这就是一个女人应该有的完美归宿。但她的生活却发生了一些超出她当时能够承受能力的变故,痛定思痛,她开始思考:"自己和孩子的未来在哪里?假如我不工作了,我还有源源不断的收入吗?"

她想到了创业,给自己一次挑战和成长的机会,力争成为家庭的依靠、父亲的骄傲、孩子的榜样,越是低谷越不能认输,更不能虚度自己的青春年华。

可是,创业做什么?

2012年底，在经过认真的思考和市场调研之后，她决定做空气净化器的代理和销售。她觉得，空气污染是无法回避的现实问题，随着人们生活水平的不断提高，人们对生活品质的要求也越来越高，空气净化器可以改善家庭空气质量，提升生活品质。

2013年年初，卫洋华下决心要做空气净化器。在参加中国企业家论坛时，卫洋华遇见了企业家冯仑先生。卫洋华永远都不会忘记那天的情景。当她走进会场的时候，看见冯仑一个人坐在嘉宾席上，她回头看了看整个会场，发现除了冯仑，就是她了。参加任何活动从来不迟到的卫洋华想："冯仑也会这么守时，不但不迟到，还早到了20多分钟。不愧是著名的企业家！"

冯仑先生是颇有影响力的陕西籍企业家。当卫洋华发现偌大的会场只有她和冯仑先生时，她觉得这简直是天赐良机。她有几分紧张地站起来，拿着自己的名片向坐在嘉宾席上的冯仑走去。在交换了名片之后，冯仑说："你做空气净化器，可以把净水设备也带上，这是大健康、大环保，是能够造福大众、提升人们生活品质的行业，市场空间很大……"

冯仑先生对大健康、大环保市场充满了信心，还建议她在做空气净化器的同时，也兼做净水设备的代理销售。与冯仑先生的交谈，让卫洋华创业的思路开阔了，也更有信心了。卫洋华说，冯仑先生就是她创业路上遇见的第一个贵人，给她的创业指明了方向。

卫洋华回到西安，注册了陕西悦合商贸有限公司，同时，用了不到一个月时间，就签订了全屋净水设备的代理合同，正式开启了她的传统创业之路。

这是一个创客的时代

创业初期
每天睡觉不超过三小时

有了自己的公司，有了发展的目标，卫洋华感觉到从未有过的压力。她不止一次告诉自己："自主创业，只能成功，不能失败。"在为别人介绍自己的公司时，她对大健康已经有了深刻的理解，尤其是全屋净水设备。全屋净水系统涉及前置过滤器、中央净水机、中央软水机、厨房净水器、直饮机等，这些设备对家庭不同的用水需求提供不同品质的水源，对人们生活品质的提高具有重要意义。

"在刚开始创业的时候，我每天睡觉的时间不超过三个小时，"卫洋华说，"我非常感谢业之峰装饰那些老同事，没有他们无偿的帮助，我不可能做到今天这么优秀。"

她在业之峰优秀的表现，给那些老同事、老领导留下了深刻的印象。她觉得，空气净化器、全屋净水和装修有着密不可分的关系，新房装修设计，如果把空气净化器和全屋净水设备也包含其中，对房屋装修和品质也是一种互补和提升。于是，她开始找过去的老领导、老同事，请他们帮忙。当那些老同事、老领导知道她代理销售空气净化器和全屋净水设备时，有人说："卫总做的事儿咱要全力支持"；也有人说："洋华是一个可信度极高的人，她能代理的产品，肯定没问题。"

公司刚刚起步时，她租了一套复式办公室，女儿和她就住在二楼。她每天早上6点起床，准备早餐，然后送女儿上学，下午把女儿接回来之后，女儿悄悄地待在二楼做作业，看书，画画。等他们下班之后，女儿从楼上下来问："妈妈，我现在能和你说话了吗？"卫洋华看着女儿说："可以啊，你什么时候都可以和妈妈说话啊。"女儿笑着说："你上班的时间，我不能打扰你啊。"

"我女儿太懂事了，"卫洋华说，"我能够走到今天，与我女儿的支持是分不开的。她看见我很辛苦，很多事情就不让我操心。我每天给她做饭、辅导、批改作业，完了又要梳理一天的工作，规划第二天甚至更远的工作，往往忙到凌晨两三点，甚至更晚。女儿见我如此辛苦，总是让我早点睡觉，注意身体。你想想，我在西安，没有任何背景关系，没有任何依靠，自己创办了公司，不赚钱，怎么办？员工的工资发不了，谁会跟着你干？"

卫洋华的那种创业精神和拼搏精神让她的员工颇为感动。她从来不拖欠员工的工资，待自己的员工像兄弟姐妹一样，也正是因为这样，她的员工每个人都竭尽全力地工作，主动加班完成工作（就像她当年在业之峰装饰工作的状态一样），关心她，支持她。

"我觉得，创业不仅是一种精神，也是一种责任。"卫洋华说，"创业，不但要对自己负责，也要对自己的员工、合作伙伴和客户负责。在我最困难的时候，反复思考我的选择，我觉得我选择的项目没有错：第一，大方向是对的，随着人们生活水平的不断提高，大健康、大环保拥有广阔的市场前景；第二，空气净化器和全屋净水设备也获得了越来越多人的认可；第三，大家对我信任，给了我巨大的动能和力量，如果我干不好这件事，我愧对大家。"

当我问卫洋华从注册公司到盈利用了多久时，她笑着说："一年半之后，我公司的业务全部都拓展开了。"

这是一个创客的时代

在公司业务稳定之前,卫洋华每天休息的时间不超过三个小时,她在拼命工作的同时,还要管女儿,她凭着自己坚定不移的创业精神,全力以赴的工作态度,让自己代理的产品在陕西市场上的占有率不断攀升。

从2012年年底开始创业到2017年短短五年的时间内,卫洋华不仅实现了创业的梦想,而且成了一名优秀的创客。

拥抱创客云商
一年之内销售业绩上千万

在全面推广创客云商平台和可丽金不到一年的时间里,卫洋华从一个普通的自用型创客成长为创客云商的正式员工,服务了远超过千人的用户群体,她不仅是一个优秀的创客,也成了创客领袖。那么,她到底是怎么做的?

2016年4月29日下午,陕西天远药业的CEO陈元元女士给卫洋华打电话:"洋华,下午有没有时间?"卫洋华说:"下午比较忙,5:00—5:30有半个小时的时间。"陈元元说:"我带你去个地方,半个小时就够了。"

卫洋华和陈元元是通过宏府地产的一位老总认识的,因为都是做企业的,而且在业内都有一定的名气,所以,彼此之间也相互信任。

陈元元把卫洋华带到西安巨子生物工厂,见到了董事长严建亚先生,简单的交流之后,她便成了创客云商的创客。

"我当时根本就不知道创客云商是干什么的，做这个创客有什么用，"卫洋华说，"但是，陈总是一个很负责、很有魄力的企业家。她看好的事儿，一定不会错。"

成为创客云商的创客后，她回家打开公司送给她的大礼包。停用了她用了多年的国际大牌护肤产品，改用可丽金类人胶原蛋白产品。用了几天，她感觉自己的皮肤比原来舒服了，于是，她把可痕给女儿用上了。女儿之前游泳时不小心摔了一跤，把下巴颏摔得缝了几针，留下的疤痕像一个毛毛虫一样让人看了不舒服。她用可痕给女儿涂抹了一个多月，疤痕逐渐消失了，她觉得太神奇了，可丽金类人胶原蛋白产品太厉害了！

过了不久，很多朋友见到她都说，她的皮肤比过去好了，问她用的什么护肤品。她就把自己店铺里的产品提出来，送给那些夸她皮肤有变化的人。那些朋友用了之后，大加赞赏。卫洋华说："她们都说可丽金好，我也觉得好，我把我店铺的东西全送人了，当时还不知道创客云商也是一个创业的平台。"

直到2016年11月25日，陈元元把创客云商作为公司的项目进行运作并启动后，她才知道创客云商是一个产业互联网平台，一个可以实现创业梦想的平台，一个通过分享产品就能赚钱的平台。卫洋华觉得，这个平台最适合那些宝妈、家庭主妇和白领，她们有时间学习并分享，轻轻松松赚钱，轻轻松松地改变在家庭的地位。于是，她开始认真研究创客云商的运营模式和可丽金类人胶原蛋白产品各个单品的功效和作用，并整理出来一套系统学习的模板，每天坚持在朋友圈分享，每天坚持辅导和培训，使用户提升专业知识。

这是一个创客的时代

从2017年1月底开始,卫洋华开始在微信朋友圈分享创客云商平台和可丽金类人胶原蛋白的系列产品。很多朋友问她,分享的可丽金类人胶原蛋白产品,是不是此前送给她们使用的产品?"我没想到,我的分享会产生那么大的影响,在短短一个多月时间里,销售额就达到了20多万,我几乎没费什么口舌和力气。"

卫洋华做传统创业的过程中,遇到了资金周转困难,从银行贷了一笔钱,当时的客户经理叫毛桃。贷款一年,但不到半年时间,卫洋华就把贷款还清了。当时毛桃就说,很多人贷款都是到期才还甚至也有逾期不还的,提前半年还款的几乎没有。毛桃觉得卫洋华是一个值得信任的人,主动加了卫洋华的微信。后来,当毛桃看见卫洋华发的关于创客云商和可丽金之后,就打电话预约了卫洋华,谈了不到十分钟,就要做创客。

一个叫李雨霏的宝妈,有一天给她发微信问:"卫姐,你下周有没有时间,我找你有事。"卫洋华和李雨霏是两年前在陕西蓝田县扶贫时相互认识的。当时,她们互相加了微信之后,两年都没有任何联系。

李雨霏见到卫洋华之后,两人聊了不到十分钟,卫洋华说:"雨霏,你可以试一试这个轻创业的兼职!"李雨霏当时就说:"行!弄一个,试一试!"卫洋华笑着说:"你不和家里人商量一下?"李雨霏态度坚决地说:"不用商量,这主我还是可以做的。"

当了八年家庭主妇和宝妈的李雨霏成为创客云商的创客之后,就像变了一个人似的,脸色光鲜了,穿戴也讲究了,不像做宝妈那样,不修边幅。更重要的是,她在创客云商这个平台上,通过不断的学习和提升训练，快速地成长起来了，并拥有了可持续性的收入，精神上也充实了，重拾了自信与美丽，改变了她的生活现状。

2018年
欲帮助用户过万人

2017年4月初的一天，李雨霏给卫洋华打电话，急急忙忙地说："卫姐，我在精英训练营的培训现场，你赶快来一下。"卫洋华吓了一跳，不知道出了什么事儿。李雨霏说："创客云商有成为正式员工这样一项政策，你知道吗？"一直忙于自己空气净化器和全屋净水设备代理销售的卫洋华说："不知道。"李雨霏说："你赶快打听一下。"

卫洋华在了解中得知，创客云商为了更好地服务用户，根据创客的服务能力，推出了成为公司正式员工的政策。做企业的卫洋华深知这意味着什么。她觉得，只要能成为创客云商的正式员工，肯定比自己目前做的传统企业收益还要好。

了解了公司正式员工政策之后，卫洋华给自己定了目标：半年之内成为创客云商平台的正式员工。

"目标不一样了，方法和工作节奏自然就不一样了。"卫洋华说。之前她完全是自然地分享，知道可以成为公司正式员工之后，她坚持每天早上和晚上，通过微信群对身边的创客群体进行系统的分阶段的辅导和培训，用公司运营的思维和方法来管理用户。卫洋华说："这是一个利己利他的轻创业平台，帮助他人的同时也成就了自

这是一个创客的时代

己!"

当我问她为什么做的这么成功时,卫洋华说:

"第一,信任是成功的基础。不管是做全屋净水和空气净化器,还是创客云商,因为大家信任我,所以大家都很支持我,大家觉得我是一个有责任有信誉的人,所以,我推荐的,他们肯定能认可和接受。

"第二,坚持是成功的保障。我觉得,做任何事情,都要坚持做下去。很多人,因为不能坚持,就失去了很多机会;我从建立微信群开始帮助他人至今,没有一天间断过。要求他们必须做到的事情,我自己首先要做到。

"第三,自信是成功的动力。如果一个人连自己都不相信自己,凭什么让别人相信你。自信是一种力量,自信是一种境界,只有自信的人,才不会受到外界的干扰,才不会被别人左右。就像我分享创客云商一样,开始的时候,也有人说'你是一个做企业的,怎么分享这个?'他们怎么说,并不重要,重要的是,我通过分享创客云商平台及产品,实实在在地帮助了身边的很多人,帮助了很多家庭。因为,创客云商是一个任何人都可以实现创业梦想的平台,不需要占用大量资金,也不需要囤货发货,关键是可丽金类人胶原蛋白产品,深受消费者认可。这样的产品,这样的平台,为什么不能公开的分享呢?所以,只要自己认可的事情,就要不受任何干扰地做下去,只有你相信自己,只有你自信了,别人才能相信你。"

当我问卫洋华下一步的目标是什么时,卫洋华说:"我用自己近二十年积累的管理、创业、运营经验,以及在创客云商平台的体验结果做出综合判断:创客云商,可以说是一个非常稳健的产业互联网平台（分享经济、消费商是大趋势），专注于与大众生活息息相关的健康与美丽产业（产业链具有高成长性），产品又具有核心技术和价值，政府大力扶持，集天时、地利、人和于一身。而且很多创客通过创客云商平台提升和完善了自己，遇见了更加美好的自己，收获了健康、美丽与财富。2018年，我将把更多的时间用在服务客户上，目标是，帮助过万名用户提升专业知识。"

我不知道卫洋华将如何引导他们，但我知道，在创业的道路上，她每次给自己规划的目标，都提前完成了。她那种勇往直前的创业精神，总会让她的创业梦想变得绚丽多彩。

宝妈创业

肖惠璞

创客云商改变了我的命运

有人说创业是一场九死一生的旅行,而我觉得我的创业就像是一个慵懒而甜蜜的梦,没有传说中的惊心动魄和坎坷磨难,反而多了许多分享和成就自我的快乐。创业的旅途中,我走走停停,时而观景,时而小憩,没有压力,也没有约束。因为成为创客,有人帮助了我,而我也帮助了别人,我多了许多新朋友。因为成为创客,我在体验和分享中收获了美丽和健康。在创客云商的平台上,我的时间是自由的,作为两个孩子的宝妈,我没有错过孩子的任何一次亲子活动;我的财务也是自由的,再也不用为一件心仪已久的衣服向老公开口。这一切要归功于这个伟大的时代,更要归功于创客云商这个移动社交轻创业平台,让我这个普普通通的宝妈可以站在巨人的肩膀上实现轻创业。

"周老师，不好意思，路上堵车，我可能会迟到两分钟。"肖惠璞给我打电话时，是8点58分。我与她约好9点采访，她不能按时到达，提前打电话解释，让我对她增添了几分好感。我始终认为，一个遵守承诺和有时间观念的人，一定是值得信任的人。

过了不到五分钟，一个身材娇小，衣着朴素，眉开眼笑的女士走进了我的办公室。我看着眼前这个其貌不扬、传说中做了十年宝妈、创业第一年就收入不菲的女士，多少还是有点吃惊。可采访之后，我才知道，肖惠璞，这个从福建嫁到西安的女人，为了爱情，夫妻俩白手起家，靠着勤劳的双手，不仅创建了幸福美满的家庭，还在创客云商这个平台实现了连她自己都不敢相信的创业梦想。

一个电话成就美好姻缘

"我从来没想到我会从福建嫁到西安，也没想到我每月会赚那么多钱。"肖惠璞喜滋滋地说。

肖惠璞出生在福建泉州一个渔民家庭，父亲做了半辈子生意，家里也算殷实。

1997年10月的一个晚上,在西安上大二的肖惠璞接了一个电话,电话是找她舍友的。舍友不在,那位打电话的同学就和她聊了几句,说她说话声音很好听,接着,电话那头就有一个同学说"让我听听有多好听"。

肖惠璞就这样和另外一所大学的潘月峰认识了,真可谓千里姻缘一线牵。

认识潘月峰后,肖惠璞并没有想到他们以后会有什么发展。从牙牙学语到青春年少,她一直生活在海边,她喜欢大海的波涛汹涌,喜欢大海的深沉宽广。在她的心中,大学毕业后她就应该回到福建老家,按部就班地开始自己的新生活。这也是父母所希望的。可是,随着与潘月峰的不断交往,这个陕西小伙子像磁铁一样吸引着她,让她渐渐生出说不清楚的牵挂。

潘月峰出生在陕西渭南一个贫苦农家。上大学后,他从来没有问父母要过一分钱。他聪明好学,利用课余时间,一边在外边代课赚钱,一边捣鼓些电子产品在校园出售,为自己挣学费。"他从来没有因为家里穷而消极,他一直都是阳光的,快乐的。"肖惠璞说。在上大学期间,潘月峰还参加了几次演唱比赛,而且还拿了奖。每次同学集会,他的歌声都能让大家如痴如醉。

"我欣赏他那种自强不息的精神和坚定不移的性格。他上大学就能自食其力,偶尔还补贴父母。"肖惠璞说到潘月峰时,眉里眼里都是笑意。"可我们大学毕业后,就各奔前程了。"

2000年,肖惠璞大学毕业。按照父母的意愿她回到了福建泉州,找了一份并不满意的工作。而在另一所学校的潘月峰,毕业后却去了

这是一个创客的时代

远在江西的昌河汽车集团。

毕业后，彼此有好感的两个人再没有见过面，偶尔互通信息，也是以普通朋友身份，言辞之间总是充满着淡淡的忧伤和朦胧的情感。

直到2003年，肖惠璞的父母开始不断给她介绍对象，每次见面，她的脑海里都会浮现出潘月峰一脸阳光的微笑，耳边总会响起他那美妙的歌声。她觉得，她之所以接受不了父母介绍的人，是因为，潘月峰一直住在她的心里，她的心里再也容不下别人。但她不知道潘月峰是不是像她一样，一直牵挂着她。于是，她忐忑不安地给潘月峰说家里人不停地给她介绍对象，问潘月峰工作得怎么样，有没有女朋友。潘月峰立刻向肖惠璞表达了爱慕之情，两个人在分别几年之后，还是凭借电波，确定了恋爱关系。

一个在福建，一个在江西，两个人的情感牵扯着两地。双方父母知道这些之后，不约而同地坚决反对。肖惠璞的父母觉得女儿在身边更好一点，在泉州会有很多机遇，不希望女儿远嫁外地。潘月峰的父母身体不好，希望儿子能在身边。如果儿子找一个外地的媳妇，不管安家在江西还是福建，都让他们心里不踏实。没想到双方家庭的反对，反倒激发了他们在一起的勇气，他们都有信心，凭着两个人的双手，一定能够建立一个幸福美满的家庭。

2005年1月，肖惠璞和潘月峰用他们所有的积蓄，在西安南郊按揭买了一套房子。这年"五一"，他们在西安结婚了。

肖惠璞和潘月峰的第一个孩子是2007年9月出生的。肖惠璞的父母从泉州来看女儿。"我妈看我日子过得那么艰苦，嘴上没说什么，但她的表情告诉我，她的心里很难过。我爸劝我妈，说我们吃点苦没什么，对以后的生活有好处。"

肖惠璞给儿子取名开心，希望他们家庭开开心心。可是，一家三口，仅凭丈夫每月的工资，要还房贷，要给孩子买奶粉，日子过得比较艰辛，干什么都得精打细算。那时，她很想找份工作，但因为孩子小，又无人照看，只能在家带孩子。

一次培训开启创业之路

2015年，第二个宝贝出生了。有了两个孩子，家庭的压力更大了。丈夫所在的那个单位，因为销售业绩下滑，公司开始裁员减薪，收入锐减。肖惠璞有了创业的想法，可是，一直当宝妈的她不知道做什么。小区里其他宝妈让她做代理，那样，既能照管孩子，又能赚钱。她很羡慕，可是，她在了解后发现，很多做代理的人，卖的都是"三无"产品。她不想做这种昧着良心赚钱的生意。"我在小区里和大家处得那么好，我要是做那些'三无'产品，大家买了，那我不是把自己的良心出卖了吗？"

就在肖惠璞为了创业焦虑的时候，老公的一个同学见到她时，开玩笑说："你也把自己的皮肤护理一下，年纪轻轻的，把自己搞那么沧桑干吗？"那位同学说，他的朋友在医院工作，听说有一种护肤产品效果非常好。

过了不久，那位医院的朋友给她推荐了巨子生物生产的可丽金护肤产品。肖惠璞觉得，医院的朋友推荐的产品，肯定错不了。原本

这是一个创客的时代

打算使用可丽金的肖惠璞，听说还有一个创客云商平台，是能够创业的，她便详细询问了有关情况。在了解之后，她觉得，这个创业平台最适合像她这样的宝妈来做的。第一，她觉得创客云商的运营模式是超前的，它实现了生产厂商和消费者的无缝对接，节约了成本，遏制了假冒伪劣产品；第二，产品是可靠的，具有国际独一无二的优势，况且，产品在医院已经使用了多年，如果不是好产品，医院怎么能一直使用；第三，低风险创业，门槛低，店铺终生拥有，礼品销售，产品销售，都有回报。她还多次去公司考察，发现巨子生物很有发展潜力，一直在谋算着找点事做的肖惠璞，此刻浑身上下都涌动着创业的激情。

创客云商是改变命运的平台

2016年3月14日，肖惠璞到巨子生物成为了创客。成为创客后的肖惠璞兴奋不已地约了两个闺蜜中午一起吃饭。十几年没有上班的她，需要亲朋好友的鼓励和支持。可是，当两个闺蜜听说她在创客云商要卖可丽金时，迎面向她泼来了两盆凉水。一个说："做护肤产品，你长的也不好看，皮肤也不好，你说你做护肤产品，谁相信呢？"另一个闺蜜说："你真傻，别人说什么你都相信，还想创业挣钱呢，别把自己陷进去了。"刚刚成为创客的肖惠璞，面对两个闺蜜的"打击"，她无言以对。但她并没有因此心灰意冷，骨子里那股福建人"爱拼才会赢"的劲头反而更强烈了。

从那天开始，肖惠璞用了三天的时间详细了解掌握创客云商和巨子生物产品的相关知识。第四天一大早，她开始发第一条关于可丽金的微信。微信发出不到一个小时，点赞的、询问的就有几十个。他儿子同学的家长说可丽金早都有人在用，听说效果很好，直接进店购买了640元的产品。肖惠璞打开手机，久久地看着那个640元的订单，心底那份创业的激情迅速被点燃了……第一个月肖惠璞的收入就赶上了普通白领，第二个月，肖惠璞比第一个月增加了一倍。从2016年8月开始，肖惠璞每个月的收入都在直线上升。同时，肖惠璞在使用产品的过程中皮肤变得越来越好，妊娠斑基本都看不到了，连遗传性的雀斑也在慢慢淡化，所以自己就成了活广告。在接触可丽金之前她很少用护肤品，心思都在孩子身上，也没有保养的意识。当小区里的宝妈们看到肖惠璞从内而外的变化，看见肖惠璞带着孩子还这么赚钱，大家都坐不住了，纷纷询问，跃跃欲试。肖惠璞给她们做了详细的讲解。她们有的进店购买产品，有的表示想成为创客。尤其是那些宝妈看到她手机上的销量和收入时，创业的意愿更强烈了，于是纷纷成了创客，开启了她们人生的新旅程。

杨子是肖惠璞很早就认识的一个朋友，但两个人只是泛泛之交。生完孩子以后，杨子患上了轻度的抑郁症，常年休假在家，整个人的状态很不好。得知杨子的情况后，肖惠璞心中忽然有了一个想法，可丽金这样的创客平台也许能够分散她的注意力，让她从抑郁的情绪中走出来。于是，肖惠璞给杨子打了一个电话介绍可丽金产品。可是自报家门以后，杨子只是出于礼貌寒暄了两句，答应看一看就再没有下文了。三天后，肖惠璞给杨子打了第二个电话，杨子有感于她的真

这是一个创客的时代

诚，实话实说："你知道我从来不用护肤品，我觉得这产品并不适合我"。两次被拒绝后，肖惠璞并没有灰心。她坚定地认为，创客云商非常适合杨子。一周后她又打了第三个电话，迫于情面的杨子终于答应见一面，她和老公一起来当面听了肖惠璞的介绍，却干脆利索地告诉她："我对这个产品并不感兴趣，以后不要再找我了"。说实话，接二连三的被拒绝，肖惠璞真的有些灰心了。可是，她告诉自己，创业的道路上没有一帆风顺的，越是遇到挫折，越是要更努力地去拼搏。一个月后她又打了第四个电话，告诉扬子，现在巨子生物正在做活动，成为创客有大礼包相送。而杨子在这段时间里，也对可丽金产品和核心技术进行了充分了解，曾经是大学助教的她，敏锐地认识到，这事靠谱，肯定能做。2016年5月，杨子终于成为创客云商平台上的一名创客，在肖惠璞手把手地带领下，只用了短短一年多的时间，杨子的销售额就达到了150万，月平均收入20 000左右。那个性格开朗，活泼大方的杨子又回来了，而曾经的抑郁症也早已被抛到了九霄云外，不治而愈。

肖惠璞对待挫折不屈不挠，对待事业认真细心。2016年年底的一天，在家带孩子的肖惠璞突然接到一个陌生人的信息。她自我介绍姓胡，是开针灸理疗店的。她店里一名顾客做完针灸出现了红肿发炎的症状，焦急万分的胡女士忽然想起肖惠璞曾经在微信里发过可丽金产品，对于治疗这些症状有很好的效果。于是尝试着给肖惠璞发了一条信息，并说自己很忙，能不能把产品给她送过去？接到这个信息后，肖惠璞二话不说，在雾霾最严重的天气里带着二宝出门了，乘车辗转来到胡女士的店里，给她送去两瓶喷雾和面膜，并且没有收一分钱，还告诉她"你先用，效果好了再说钱"。结果第二天，就接到了胡女士的电话，她在电话里欣喜地告诉肖惠璞，使用可丽金以后，顾客的红肿消退了，效果非常好，而店里其他的顾客使用了以后也都表示效果不错，胡女士当天就订购了2000多元的产品。当听到肖惠璞介绍创客云商这个平台的优势后，又毫不犹豫成了创客。胡女士对肖惠璞说："她之所以能信赖一面之缘的陌生人，一方面是因为可丽金产品过硬的质量，另一方面也是因为肖惠璞真挚诚实的态度"。现在胡女士已经成了不折不扣的"金粉"了。正是由于有了许许多多像胡女士这样顾客的信赖和支持，肖惠璞在创客云商的创业道路上才走得越来越顺畅。

从2016年3月到2017年11月，一年多的时间里，肖惠璞已经帮助400多用户提升专业知识。里面人才济济，有大学教师、记者、主持人、企业老总，但更多的是像肖惠璞一样的全职宝妈。创客云商这个平台真的是让这些宝妈们"创业带娃两不误，轻轻松松把钱赚"。而肖惠璞早已赚得盆满钵满，一年多时间她利用创客云商这个创业平台，赚的钱足够全额付一套公寓。"我做梦都没想到我一年多能赚这么多钱！"肖惠璞笑呵呵地说，"我当初就想着每月能赚够家里的开销就行了"。

有一次她去公司给其他创客做经验分享，刚上四年级的儿子知道有2000多人听了妈妈的在线培训时，特别自豪地对妈妈竖起大拇指说："妈妈你真棒！"肖惠璞反复给我提到，她最感谢的是创客云商这个平台！感谢平台的创始人严总、范教授、马博士……因为没有这个轻创业平台，就没有今天的自己。选择大于努力！她觉得这句话特别有道理！如果没有做创客，有可能她会跑去开个小店，也有可能还在家带孩子。

这是一个创客的时代

而现在，创客云商让她实现了时间和财务的双重自由。

我问肖惠璞："你成功的秘诀是什么？"肖惠璞说："要说秘诀，无非两点。第一，要学会分享。创客云商就是一个通过分享实现销售的平台，你不但要在微信上分享，还要在生活中分享，我不管什么时候都带着产品，一年送出去的产品好几万，分享给熟悉的人，让他们使用，让他们体验，通过我一年的经验，我觉得，只要使用过这个产品的人，都会爱上这个产品，都可能成为你的客户。第二，要自信。这一点很重要。不要在乎别人说什么，我推荐的产品是类人胶原蛋白，全世界就中国掌握了这项技术，而我们公司就是极少数拥有这项专利技术的公司之一。这样一款高科技产品，核心技术和产品功效是实实在在的，况且我就是亲身体验者，所以我才大胆的推荐。你自信了，别人心里也踏实。"

当我问肖惠璞的理想目标是什么时，肖惠璞毫不犹豫地说："因为平台成就了我的美丽和财富，还让我认识了好多的新朋友，大家就像一家人一样，遇到什么问题都会互相帮忙！每年公司还有优秀创客家人的免费海外培训。在这么好的平台上我不想努力都难。我相信付出总有回报，坚持就会成功！只要创客云商平台在，我永远都是这个平台上的创客。在这个平台上，我不仅要实现自己的创业梦想，也要帮助更多的人实现创业梦想。我相信创客云商事业明天会更好。"

杨子

全职做宝妈全新做自己

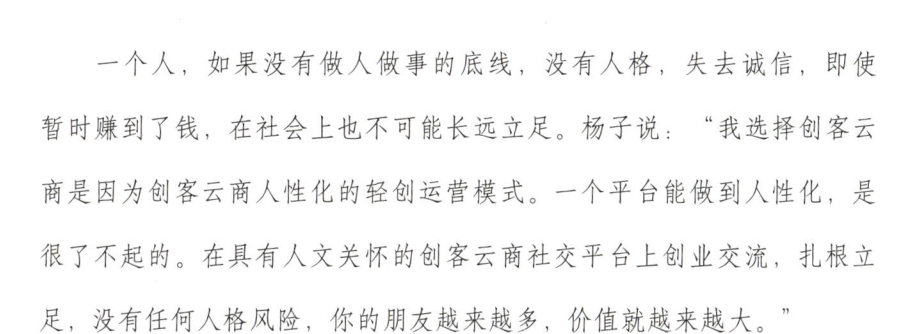

一个人，如果没有做人做事的底线，没有人格，失去诚信，即使暂时赚到了钱，在社会上也不可能长远立足。杨子说："我选择创客云商是因为创客云商人性化的轻创运营模式。一个平台能做到人性化，是很了不起的。在具有人文关怀的创客云商社交平台上创业交流，扎根立足，没有任何人格风险，你的朋友越来越多，价值就越来越大。"

在我采访肖惠璞的时候,她曾给我提到有一个创客很特别,得抑郁症好几年了,因为结缘创客云商成为创客,抑郁症好了,还不断从事各种义工,去帮助别人。

当我采访了那个叫杨子的创客后,我才发现,杨子——是我采访的所有创客里最有思想的一名创客。

做任何事情
都要防止人格风险

2016年5月,西安高新区《开发区导报》的许若青问杨子:"你知道可丽金类人胶原蛋白吗?"杨子说,不知道。许若青给杨子大概讲了巨子生物的发展历程和类人胶原蛋白独一无二的优势,并说:"5月26日,20国集团妇女会议(W20)的政要到巨子生物参观,那些国外政要们在使用和体验了可丽金类人胶原蛋白的系列产品后,给予高度赞誉……"

杨子结识许若青,是因为她们有一段"师生情"。一直有着文学梦想的杨子,经常在《开发区导报》上发表文章,两人因此关系密切。

杨子听许若青讲到国外政要参观巨子生物时，对类人胶原蛋白有了更深的印象。因为，曾在高校里工作过的杨子知道，国外政要能参观的企业，肯定是能够代表国家科技发展水平的，产品肯定没有问题，做起来绝对没有人格风险。

就这样，杨子听了一次创客云商的轻创会，从来不用任何护肤品、只用清水洗脸的"女汉子"性格的杨子，从母亲那里偷偷地借了一笔钱，开始了创客云商的创客生涯……

刚刚开始做创客的时候，杨子心里还是有点忐忑不安，因为一个从不接触护肤品的"女汉子"要去销售护肤品，有点不可思议。但基于可丽金类人胶原蛋白产品高安全性和创客云商人性化的轻创业模式，让她意识到这是一个好产品好事情。她希望能够通过创客云商这个平台，分享好的产品，建立链接，去结识更多朋友，彻底从孤独的抑郁状态走出来。

做一件自己并不熟悉的事情，总希望能得到亲朋好友的帮助，为了寻求支持的力量，杨子把创客云商和可丽金分享给亲妹妹，希望妹妹能在精神上给她力量。可是，与她无话不说的妹妹惊诧不已地说："你！？你做护肤品？太不可思议了，你从来都不用护肤品，你自己都不用，自己都没有体验，怎么给别人分享呢？"

妹妹说得没错。杨子从来都不太接触护肤品。因为父母援藏的缘故，她出生在西藏，西藏高原地区的紫外线强烈，她的脸上从小就留下了"高原红"和晒斑。为了去除脸上的这些晒斑，她自己用过很多方法，都没有把脸弄好。既然治不好，也就放弃了，更不喜欢用她觉得可能会给皮肤增加负担的化妆品了。自己都不用护肤品，现在居然

这是一个创客的时代

要销售分享护肤产品，听起来似乎有点荒唐。

刚开始，虽然成了创客，但她一直没有行动，也没有兴趣去研究可丽金类人胶原蛋白的功效，对创客云商这个平台也是一知半解。公司送给她用来试用和推广的产品，她不敢让寄到家里，而是自己到公司悄悄地拿回家，藏在老公看不见的地方。藏起了那些凝聚着高科技含量的好产品，就像藏着一个定时炸弹一样惶惶不可终日，心里总是不踏实！

虽然没有去推广分享，并不意味着杨子选择创客云商是错误的。在过去的几年里，曾经也有人给她推荐过一些平台，都说很好，经过一段时间的了解后才知道，很多平台，都有销售考核，赚到的钱全部用于囤积货物，变现很难。有的人为了赚钱，不择手段，坑蒙拐骗，甚至有的人倾家荡产。看到了身边朋友的这些遭遇，她也有一种切肤之痛。那样的平台和电商，她永远都不会去沾染。

"我觉得做那样的电商和平台，有人格风险，伤人伤己。一个人，如果没有做人做事的底线，没有人格，失去诚信，即使暂时赚到了钱，在社会上也不可能长远立足。"杨子说，"我选择创客云商是因为创客云商人性化的轻创运营模式。一个平台能做到人性化是很了不起的。在具有人文关怀的创客云商社交平台上创业交流，扎根立足，没有任何人格风险，你的朋友会越来越多，价值越来越大。"

创业+购物+社交

从接触第一个客户开始
让她逐渐摆脱抑郁状态

  成为创客三个月后的一天，一个朋友给她介绍了一个特殊的客户。说特殊是因为这个客户是新疆的一个女武警，她第一次听说女人当武警，多少还有点羡慕新奇。那个武警和她联系后说，她面部皮肤过敏，看了很多医生，吃过很多年中药，都不管用，听朋友说，可丽金产品不错，对皮肤过敏有作用。因为是第一个客户，杨子有点兴奋，很细心地给那位女武警介绍了可丽金系列产品的功效。那位武警很爽快，让给她邮寄一些产品，想试试看。

  "你不知道当武警的那个客户有多认真，她使用产品之后，就隔三差五给我打电话，一会儿说，脸发烧了，一会说脸蜕皮了，而且电话不分白天晚上，有时还半夜三更。"杨子说，"由于我没有护肤经验，面对这样常年被皮肤困扰练成的专家客,她问的很多问题,我根本招架不住。"于是，被逼无奈的杨子开始学习、查阅有关材料，去请教冯老师。冯老师也是创客，是专业的医生，她对所有产品的作用及效果，都了如指掌。就这样，杨子被那个专家客户也是她的第一个客户折腾了一个多月，不停给她解答问题，不停地学习了解关于类人胶原蛋白系列产品的功能和作用。在这种"被动"交流互动之中，她对创客云商和可丽金又有了更深刻的认识，她再次庆幸自己选择了这个平台。

  "我非常感谢我的第一个客户，一个多月的交流沟通，当她给我打电话说，她用了可丽金，改善了脸上的过敏状况，并成为分销，成为我的合作伙伴的时候，我真的发自内心开心啊。"杨子说，"我意

这是一个创客的时代

识到，创客云商使我通过交流从抑郁状态逐渐走了出来。"

杨子说，她曾经因为重度抑郁，对生活、家庭、婚姻都失去了信心。"我现在回想起来，我老公对我其实很好，很多问题，都是我自身的问题。"

杨子和她老公是在"非典"的那一年认识的。当时，他们四五个人在一起搭伙做饭，说好的AA制，可她老公既要买菜又要做饭，还要分摊费用，其他几个都"坐享其成"。于是她开始打抱不平，其他的几个人就起哄，说她对他有意思。大家的起哄，反倒促成了他们的姻缘。

有几年，杨子有幸到了人大国学院西安分部工作，从事与国学研究有关的培训。老公做软件开发，所以经常出差。在她怀孕后，老公又调往成都。由于有孕在身，两地分居，这让性格开朗得像个男孩子的杨子得了产前产后抑郁症，她不得不从高校辞职，在家做起了宝妈。

当宝妈没有什么不好，问题是，随着越来越封闭的生活让她抑郁严重起来，她并没有做好宝妈。她不断地吃药，不断做心理辅导，但依然不见好转。她在高校培训工作中结识的一个女老总，在她抑郁最严重期间，为了帮助她转移注意力，摆脱抑郁，把她叫到公司，让她做总经理助理，后来兼材料采购，她开始说："我不懂行，做不了。"那位女老板说："你行，我看好你，你为人厚道，做事认真。"在那位老总的信任和帮助下，她承担起公司一个上百万的市政项目的采购任务。她从一个门外汉开始学习，背着包，天天跑建材市场，一家挨着一家地看材料，选购物美价廉又质优的建材。刚开始，因为什么都不懂，被拒之门外，到最后和这个工程主体石材老板成为朋友。整个项目因为她选材把关严格，获得了好评。后来，这个石材老板还成了她创客云商事业的合作伙伴。所以她说："人的潜力是无限的，无论你处于什么处境，只要有信任和支持的朋友，就可以把人的潜力发挥出来！"

可是这个事情过后，由于孩子很小她又不得不回归家庭。她又一次不想见任何人，不想与人交谈。偶尔出门，她也要戴一个能遮住头脸的帽子。她说："我觉得自己就像中学课文学的'套中人'一样，把自己完全封闭起来，不让人看见，才感觉安全。"

"我的抑郁对孩子也造成了很大的影响。有时候朋友打电话找我，我明明在家，就说不在家，我不想说话，不想见人，我的这种状态，有一段时间让我三岁的孩子也不怎么说话了。"杨子说，"后来，我妈来看我，果断把孩子接走了，怕我影响孩子成长。"

抑郁了四五年的杨子，后来遇到了一个基督徒姐姐。那位基督徒姐姐每天带着她读《圣经》，带她出去做义工，带着她慢慢走出自己的房间，享受阳光，感受生活。在那位姐姐和信仰的影响下，她开始面对自己，面对现实。杨子说："一个人要敢于面对自己、看清自己、接纳自己，才能彻底改变自己。"她说："我在这个过程中，一直在想着怎么才能找一个既能照管孩子，又能实现自己价值的事儿。就在这个时候，我遇到创客云商，遇到了我又一次走出阴霾的机会。"

创客云商
让宝妈树立独立自主的人格

与第一个客户的沟通与交流，给了杨子极大的信心。她觉得，分

这是一个创客的时代

享可丽金,不仅仅是为了销售,还是为了帮助别人解决皮肤问题,而且深刻的沟通交流,可以交到很多的朋友。于是,她打消了那种做销售怕人耻笑的想法。她开始从不同角度推广类人胶原蛋白,分享创客云商的运营模式。

很快,杨子的销售业绩就有了明显的提升。当她连续几个月收入和老公差不多时,才告诉了老公,她做了创客,她每个月有万元左右的收入。作为软件工程师的老公有点不敢相信,他甚至想不通仅凭一部手机,发发微信,就能创业,就能赚钱。

"让我老公真正认同我的还是他换单位的那次。"杨子说。她老公一直在做软件,前几年一直在成都,华为西安研究所招人时,她老公去应聘了,专业技术各方面,完全符合华为的要求,可是,在体检时,发现转氨酶指数有点高。华为是一个具有人性化的企业,面对他的身体状况,华为给他三个月时间,让他调整身体,如果三个月之后体检各项指标正常,就可以录用。

杨子知道老公的这种情况之后,她从自己的店铺里给老公拿了鸿昇胶囊。鸿昇胶囊是创客云商平台产品之一,属于高活性特稀有人参皂苷,具有29项专利技术支持。对强化免疫功能、促进免疫细胞生成、增强免疫力、调理肝细胞等具有特别显著的效果。产品上市以来,一直深受消费者青睐。

杨子的老公吃了三个月的鸿昇胶囊,再去医院检查时,身体所有的指标都正常了。杨子的老公如愿以偿去了华为,同时,对杨子从事的事也有了新的认识。从此,他开始支持杨子的创客事业。

有了老公的支持与认同,杨子浑身都充满了力量,她觉得,她不再是那个价值感低的宝妈了。她现在除了每天接送孩子，干家务，还是一个快快乐乐的创客。她要开始全职做创客，全新做妈妈。

　　2017年暑假的时候，她带着孩子参加了一个夏令营活动，在整个活动期间，她快乐地分享了可丽金类人胶原蛋白产品。结果，很多家长都从她那里购买了产品，其中，苏州大学的一个外语教授，西安铁一中的一位数学老师，成了她的合作伙伴。她说："一路走来，都是感动的故事，感谢这么多人对我的信任和支持！"

　　此后不久，有一天，孩子神秘地对杨子说："妈妈，我告诉你一件事，爸爸对我说，他可佩服你了。"杨子问孩子："怎么佩服我？"孩子说："爸爸说，你妈比我强多了，干什么都能落地生根，你看看我，除了本职的技术工作，好像什么也干不了。"

　　杨子听到孩子给她悄悄说的这段话后，感动自豪！她知道，老公是那种从来不会表达的人，这样的话，他能给孩子说，却没有给她说，"这充分说明老公对我的价值认同"。杨子说："夫妻之间，家庭里，价值认同是幸福与否的重要指数。"

　　创客云商让曾经患有重度抑郁症的杨子从黑暗的生活走向了阳光明媚的生活之中。有一天，她出门后，走了好远，才发现她竟然没有戴长久以来形影不离的帽子。朋友们都知道她有很多不同样式的帽子，还总是戴着帽子，但大家都不知道为什么她如此爱戴帽子。其实，帽子曾经是她内心孤独自我封闭的标志。那天，当她突然发现自己没有了帽子，依然自如，她摸着自己的头，激动的泪水喷涌而出！她仰望天空，任泪水划过脸庞，自言自语地说："杨子，你终于走出来了"！

这是一个创客的时代

当我问到她如何看待创客云商时，杨子的回答让我很吃惊：

第一，创客云商是一个真正轻松的创业平台。我曾听说过一些电商平台，他们对经营者都是有销售任务的，完成公司下达的任务，才有可能获得一定的报酬。很多注册的经营者，为了完成任务，拿到报酬，就大批量的囤货，囤货的结果，就是要拼命地去销售，家里货堆得像仓库一样，进货、发货，疲于奔命，一旦滞销，或者产品过期，全砸在自己手上了，忙到头来，两手空空，还产生很多家庭矛盾。有的人，只图赚一些蝇头小利，连"三无"产品也销售，最终无友可交。而创客云商却不一样。首先，你做创客，公司会提供线上线下大礼包供你使用体验馈赠亲朋好友，就是"扶上马再送一程"；其次，不懂经营会有专业的免费培训，教你学习护肤知识和销售技巧，公司不会给你下达任务，你完全可以自由自在地，根据自己的时间、资源和人脉关系去真心分享，有能力的多分享多收益，能力差的慢慢进步改变，起码自用划算，也有收获，但都不会有心理压力，不会让你为了业绩大批量的囤货，所有的产品，在平台上价格都是统一的，你只需要分享宣传，只要有消费者下单，工厂直接发货，不会为囤货发货苦不堪言。还有更重要的一点，做创客云商的创客，绝不会有人格风险。

第二，创客云商树立了更多宝妈独立自主的人格。我这样讲，好像把创客云商说得那么高大上，但是，我这样说是有依据的。我做创客以来，与好多宝妈有了深入地沟通和交流机会。很多宝妈，因为得不到价值认同，自我价值感低，在家庭实际上是没有地位的。有一次一位宝妈开玩笑说，她拿着老公给她的银行卡，每刷一笔钱，老公的手机上都会有消费的提示音，老公的目光就像追命连环锁一样。听了那位宝妈的话，我们大家都没有笑，而是一致地保持了沉默。因为，我们内心都有那种感觉！还有一次，我们几个宝妈在一起聊天，有一个宝妈痛哭流涕地说，她丈夫拥有千万资产，她却不敢动账上一分钱给娘家人看病。当时我的心像被针扎一样……这种现象在宝妈群体里是一个普遍存在的问题。宝妈们为了孩子，放弃了工作的机会，失去了自我，也失去了自己独立的人格，在家里没有价值认同感。一个失去独立人格的人，是可悲的，一个失去价值认同的宝妈，是教育不出优秀孩子的。因为，她无法给孩子树立一个积极向上、努力进取的榜样。尤其是二胎放开以后，宝妈越来越多，这种社会问题会越来越突出……而创客云商这样的平台没有业绩要求，不需要囤货发货，让我们的创业像呼吸一样自由，让更多的宝妈在做好母亲的同时，也实现了自身的价值，构建了独立的人格体系。真正做到了"全职做宝妈，全新做自己"。就这一点，创客云商带来的社会作用和意义是不可低估的。

  杨子的一番话，让我对她有了更深刻的认识。她是一个敢于面对现实、敢于重塑自己，有思考、有行动的创客。目前已经帮助了100多名用户提升专业知识。对于一个创客来讲，仅有思想是不够的，如果能够把思想付诸行动，创业的精神动力将是强劲的、持久的、卓有成效的。杨子，做到了这一点！希望创客云商可以带领有更多像杨子一样的宝妈走出家庭的捆绑，走向未来……

刘莉

可丽金是我弹奏的最美的钢琴曲

人是三节草，不知哪节好，所以趁年轻得把握住机会，哪怕再辛苦也要尽心尽力地做好每一件事，努力了才能有成功的机会。现在的我做着创客，既能陪着孩子成长又能照顾家庭，因为自己的努力每月都会如期收到一份5位数的线上收入，让我做到了生活、家庭、孩子三不误，享受着美好的生活又有自己的事业，一举三得。正如创客云商说的那样，让创业像呼吸一样轻松！感恩创客云商……

从幼教到研究生
她的生命里只有钢琴

从见到刘莉的那一刻起,我就觉得她的身上有故事。

刘莉1987年2月17日出生在贵州省金沙县化觉镇。十三岁那年,初中毕业的刘莉考上了幼师。上幼师的刘莉,迷上了钢琴。在校期间,除了偶尔回家,她几乎没有出过校门,她把所有的时间都用在了钢琴的练习上,她觉得自己的神经与钢琴的琴键紧密地联系在一起。因为学习成绩优异,毕业后,她被分配到当地较好的一家幼儿园当幼教,每月工资两千元左右。

在父母眼里,女孩子有一份这样的工作,就已经很不错了,可刘莉却不这么认为。她每天上班之后,就给幼儿园的孩子们弹钢琴,一遍一遍地重复那些儿童歌谣,虽然孩子们开心,但对她来说,实在枯燥乏味。她觉得自己应该继续练习钢琴,争取参加各种比赛,而不是日复一日重复着那些简单的曲目。

可是,幼儿园的园长并不想让她下班后走进琴房。后来,琴房的门上锁之后,她就侧着身子从宽大的门缝里溜进琴房。可琴声越过幼儿园的围墙,传到了住在附近的园长耳中。园长干脆给琴房换了一

这是一个创客的时代

把新锁，门被锁得严严实实。刘莉就请传达室的阿姨帮她开门继续练琴，而园长为此批评了传达室的阿姨。刘莉觉得很伤心，她一个钢琴老师，却不能使用钢琴，这样的园长，这种胸怀，无法让她尊敬。她至今都不明白，那个园长到底是因为什么不让她练琴？

正是因为园长限制刘莉使用钢琴，刘莉才暗下决心，离开这所幼儿园。

一年后，刘莉考上了贵州民族大学音乐表演钢琴系。当她拿着录取通知书给父母看时，母亲却冷言冷语地说："这么好的工作你不好好干，你考什么大学？你大学毕业后还能找到这么好的工作吗？"面对父母的这种态度，刘莉心里很清楚，父母反对她上大学，是因为父母不想让她再折腾，他们认为，女孩子有一份稳定的工作就可以了。可刘莉觉得，上大学是她梦寐以求的愿望，现在，她的愿望终于实现了，绝不能因为父母的反对，就轻易放弃。在一片反对声中，刘莉没有跟父母提学费。刘莉当家教，陪孩子练钢琴，凑够3800元学费，在学校开学两个月后，终于走进了大学的校门。

上大学之后，刘莉求知上进的态度深得老师赞赏。为了珍惜这来之不易的机会，她的课余时间还是当家教，教钢琴，学费基本不用发愁，她练琴更用心了。

大学期间，刘莉在恩师刘芳艺的指导和推荐下，成了班里唯一考取钢琴十级的学生，也是参加各种比赛最多、获奖最多的学生。

"我这辈子最忘不了刘芳艺老师对我的关心支持和爱护，在我最困难的时候，是她给我帮助，给我力量。"刘莉说到刘芳艺时，显得很激动。

大学毕业时，刘莉被推荐上了中央音乐学院的研究生。刘莉说："那个时候，在我的生命里，除了钢琴，什么都没有，钢琴就是我的命。"

心无旁骛的刘莉完全沉浸在钢琴练习和演奏之中，连做梦都在弹钢琴。从小热爱音乐的她从幼师毕业，到幼儿园当音乐老师，再到中央音乐学院的研究生，刘莉用自己最美好的年华，弹奏着人生最美的华章。

从高校辞职
自己办钢琴培训班

从中央音乐学院研究生毕业之后，刘莉又回到了贵州，在刘芳艺的推荐下，到贵州财经艺术学院舞蹈系当专职伴奏老师。几个月之后，刘莉对恩师刘芳艺说，她不想弹舞蹈伴奏了。老师问她为什么？她说这不是她想要的生活，她虽然喜欢钢琴，但不想一天到晚重复这些无意义的弹奏。老师有点恨铁不成钢地说："我告诉你，十个女强人，九个不幸福，你记住了。"

2012年初，刘莉从大学辞职了。她想办一个钢琴培训班。在家人看来，她的这个想法比当初辞了幼儿园的工作去上大学更疯狂。她不管别人怎么说，单枪匹马地按着自己的目标行动了。钱不够，她从朋友那里借了一部分，租了一套145平方米的教室，付了三个月的房租后，她对房东说："如果我招不来学生就不干了。"

把教室租好之后，刘莉印了招生简章，简章上有她钢琴比赛的获奖荣誉和培训理念，她忐忑不安地拿着招生简章，在一个学校门口散

> 这是一个创客的时代

发，当天就招了7个学生。兴奋不已的刘莉开始认认真真地教孩子们钢琴。家长见状，连连称赞，于是，口口相传，刘莉的钢琴培训班人数越来越多，几间教室，分班轮流上课，仅仅10个月，来她培训班学习的学生就达到了100多人。更让她惊喜的是，她带的学生，在参加省市钢琴比赛中，获得了几个一等奖，二等奖、三等奖。

有一位获奖的学生家长找到刘莉，激动不已地说："我们在别的培训班人家不要，说没有弹钢琴的天分，让孩子很受打击。到你这儿，他很喜欢来上钢琴课，半年时间就进步这么大，参加比赛还获了奖，感谢你对孩子的培养"。面对孩子们一天天进步，刘莉也有了一种成就感，她要用自己的实力打响自己培训班的品牌。

可是，办了11个月的培训班，因为她的婚事停办了。在贵州的刘莉，要远嫁到湖南长沙。"我走的时候，好多孩子和家长都哭了，那种场面，我至今难忘。我走的时候，也没有给我的老师打招呼。我觉得，我让我的老师失望了，她对我那么好，我却不停地在折腾。直到现在，我几次到贵阳，都不敢去见我的老师。"刘莉含着泪说，"我觉得对不起老师对我的一片厚爱与关怀。但我得到了爱我的人，真的很幸福。"

什么都不缺的生活
缺的是自我价值的认同

刘莉嫁进了一个资产丰厚的企业家的家里，她过着衣来伸手，饭来张口的日子。她想吃什么，说一声，保姆就会做好呈在她的面前。

就连她生孩子，都是在美国生的。

在生活中，什么都不缺的刘莉，反倒觉得自己缺了点什么。她很怀恋过去那种拼搏的精神状态和办钢琴培训班的快乐。她坐在钢琴前给自己的孩子弹钢琴时，心里总有一种淡淡的忧伤，她说不清楚自己为什么会有这种感受？她在审视自己的生活，在常人的眼里几乎是完美无缺，可她就是觉得，生活好像缺了点什么。

2014年的最后一天，一个朋友给她推荐了一个电商平台，平台销售的类人胶原蛋白护肤产品，也是她一直在使用的产品。别人给她说，在那个平台上，可以创业，可以赚钱，这时她才觉得，衣食无忧的她，缺乏的是一种创业的精神和激情。

"我不缺钱用，老公也不让我工作，但是，我不能因为不缺钱，什么都不干。"刘莉说，"其实，我做那个电商平台并没有赚钱，但我做了，我觉得自己生活得很充实。"

2016年3月16日，一个陕西咸阳的朋友兴奋地给她介绍创客云商的运营模式时，刘莉毫不犹豫地成了创客。

"创客云商点燃了我的创业激情。这个平台的运营模式是超前的，平台上销售的可丽金类人胶原蛋白是全球少有的，品牌响亮，模式新颖。和其他电商最大的区别和优势在于不用囤货，不用发货，消费者下单，厂家发货，不管是专职创业，还是兼职创业，都会有收获，都会实现创业梦想。"刘莉说，"我老公开始并不同意我去做创客，我告诉老公，你那么优秀，你要支持我，让我也优秀起来。"刘莉对老公说，这么好的产品，即使自己不赚钱，至少让家人能用到最好最优惠的产品。

这是一个创客的时代

刘莉在老公的支持下，开开心心地分享可丽金类人胶原蛋白系列产品。她只是实实在在地分享，真诚地为微友答疑，在她的言语之间，没有什么商业气息，而很多朋友出于对她的信任，也成了可丽金的用户。

可丽金，让刘莉生活充实了。创业，让她实现了自身价值，让她对生活充满了希望。刘莉说："我虽然做得不是最好的，可我帮助过的用户，有的比我做得好。看着她们创业赚钱了，我比他们还开心。"

如今的刘莉，一边在经营可丽金，一边在练琴。

说到练琴，刘莉又激动起来了，她说："钢琴一年不弹，水平退步三年，三年不弹，退步九年。我现在又开始练琴了，手虽然有点生疏，但基本功还在，我相信，随着自己不断练习，一定会弹得越来越好。"刘莉说："可丽金是我弹奏过的最美的钢琴曲，我很开心。创客云商让我找到了自己，实现了自身价值，弹琴，点燃了我的理想。"

杨琨

创业就是为了证明自己

创客云商的营销模式是适合所有人群的。巨子生物生产的可丽金类人胶原蛋白产品,是国内外少有的的产品,从平台到品牌,都是超前的、一流的。不囤货,工厂代发货,只需要分享,客户下单,厂家发货,让创业像呼吸一样轻松的模式,对她这样一个大病未愈而又充满创业激情的人来说,简直是一种福音。

为了爱情
可以背井离乡

杨琨1988年出生在江西上饶一个生意人之家。六岁之前,她是在外婆家长大的。杨琨的父母是做生意的,生意做得越来越好,父母想要儿子的愿望也越来越强烈,可是,生了五个孩子,也没能如愿以偿。

在五朵姊妹花中,杨琨排行老三。杨琨自己在生第二个孩子以前,一直想不通,父母生养了她们姊妹五个,为什么偏偏把她从小送到外婆家。尽管六岁就回到了父母身边,但是,她心理上对父母那种抱怨不仅没有随着年龄的增长逐渐消除,反倒越来越强烈。不管干什么事儿,父母不让干的,她就非要去干。

毕业于江西师范大学会计专业的杨琨,在母亲开的大型超市里干了四年。母亲像对待一般员工一样给她开工资,让她帮忙打理财务及账目,工作轻松自在,可她心里就是不痛快。

有一天,一个年轻英俊的小伙子在超市买完东西后,主动索要杨琨的手机号码,说他的工地就在超市附近,日用百货用量较大,留个联系方式,需要什么东西的时候,希望能送货上门。就这样,杨琨和林亮认识了。林亮虽然有杨琨的手机号码，但并没有让她送过一次货，反而隔三差五地去她的超市买东西。时间久了，相互交谈的也多了，彼此也熟悉了。原来，比自己大两岁的林亮出生在福建省福清市一个村镇，最有意思的是，林亮姐弟四人，他也是排行老三。他做建筑工程几年来，因对工程质量要求严格，在行业里有很好的声誉和口碑，工程也接连不断。最重要的是，林亮不但英俊潇洒，而且为人处事温和厚道，与他交往，杨琨觉得心里既踏实又温馨。

当杨琨和林亮确定恋爱关系后，双方父母都不同意。杨琨父母不同意女儿从江西嫁到福建，而林亮家人不同意的理由是，大凡在生意上有点名气的人，都不会找外地的女人。

当杨琨怀孕后，双方父母再也不反对了，他们都在祝福这对相亲相爱的年轻人。

2010年5月17日，杨琨与林亮领了结婚证。同年12月12日，他们的女儿出生。

为了经济独立
不缺钱也要创业

有了女儿之后，杨琨带着女儿跟着林亮从江西上饶到了林亮的老家福建福清。

林亮因为要做工程，常年在外，每月给她2万元用于日常开销。作为林家的媳妇，她在照管孩子的同时，也在公公婆婆面前尽到了孝

这是一个创客的时代

道。丈夫能干，家庭和睦，她觉得自己很幸福。尤其让她感动的是，她的婆婆对她像亲闺女一样，帮她带孩子，帮她洗衣做饭。

2013年8月23日，杨琨又生了一个儿子。

"有了儿子以后，女儿经常会对我说，妈妈我爱你。我听见女儿这么对我说的时候，我心里就很难过，因为，我从来没有对我妈妈说过这样的话，我这个时候才体会到了我妈妈的不容易。她生养了五个女儿，还要做生意，辛苦程度可想而知。"杨琨说到这儿的时候，声音开始颤抖，眼里充满了泪水，她深深地呼吸了一下，仰起头，憋回了眼泪，继续说："从我女儿对我说，妈妈我爱你那个时候开始，我就觉得我太对不起我妈了，从那以后，我就经常给我妈打电话。有一次，我去看她，我说，妈，你要注意身体。我妈把我看了一眼，一下子就哭了。因为，在此之前，我从来没有对我妈说过关心她的话……"杨琨还是没有忍住自己的泪水。

杨琨在谈到母亲时，总是充满了歉疚，她觉得她欠母亲的太多了。

2014年6月，眼看着两个孩子一天天长大，杨琨觉得自己应该做点事儿了，她要给孩子树立一个榜样，给孩子带来一种积极向上的进取精神。

"其实，在此之前，我对钱根本就没有概念。我从小到大就没缺过钱，而且是那种看上什么就买什么的人。当宝妈，我老公每月给我两万元零花钱，我还不够花。孩子奶粉都是进口的，我也没掏钱。"杨琨笑呵呵地说："我自己从来就没有赚过钱，也不知道赚钱有多艰难。但不管怎么说，我想试一试。"

于是没有任何社会经验的杨琨，以饱满的激情开启了她的创业之路。

杨琨开始搜索各种宝妈群，她在微信群里发起各种各样的话题，如宝妈的委屈，宝妈的情感，宝妈没有经济独立的无奈等话题，这是宝妈们共同面临和遭遇的问题。很多宝妈在家里带孩子、做家务，丈夫视而不见，甚至有的丈夫以"养着你"为由，居高临下，颐指气使。杨琨的话题引起了所有宝妈的共鸣，大家纷纷在诉说委屈无奈、寂寞无聊时加了杨琨的微信。

短短一个礼拜，杨琨就吸纳了1000多个微友。有了微友，在相互信任和理解的基础上，她开始慢慢分享产品，很多宝妈，出于对她的信任，变成了她的客户。

从6月8日到7月5日，不到一个月的时间，杨琨赚了5500块钱。

"你不知道我当时有多开心，这是我人生的第一份收入啊。是我自己赚的！"杨琨谈到这些时，兴奋不已。

杨琨知道家里不缺钱，老公也非常爱她，可她就是想证明一下自己的能力。她的那股拼劲，让老公感动了。老公不再反对她了，反而开始支持她、关心她。

生死考验
对人生有了更深的理解

2014年年底，杨琨的老公看着杨琨那么拼命，怕她把身体累垮

这是一个创客的时代

了，非要带杨琨做一次体检。杨琨说："我身体好好的，做什么体检啊？"她老公说："隔几年做一次体检是很正常的事啊，为什么非要等到不舒服了才去做体检？"

在老公的执意要求下，她去医院做了一次体检。

"要不是我老公非要让我做体检，早完了。"杨琨说，"我经常对我老公说，我的命是你给我的。"

身体没有任何不适的杨琨在做体检时，发现了重大疾病。医生经过会诊后对他们说，在福建，他们没有遇到过这样的病例，希望尽快去北京或上海检查。

杨琨怎么都不敢相信自己患有重大疾病。这个检查结果让他们不寒而栗。让她更为担忧的是，连福建的医院都无法诊治这样的疾病。

杨琨在老公林亮的陪同下去了北京最有名的医院，在挂号的时候才知道，挂号排队要排到两个月之后。心急如焚的林亮等不及了，他托各种关系，让杨琨在最短的时间里做了检查。

检查结果出来之后，他们更慌乱了。医生说，杨琨患有十分罕见的疾病，必须手术。

杨琨有一种绝望至极的感觉。在确诊之后，她让丈夫陪她在北京玩几天。"那几天，我既幸福，又悲凉。我对老公说，我万一有什么意外，你把两个孩子送给我妈。我那个时候，心里很矛盾。因为，我觉得老公还年轻，我万一走了，他还得找人，我不想让两个孩子成了他的累赘。"

林亮对杨琨提出的所有要求都满口答应，他不惜一切代价，去最好的医院，请最好的医生来救治杨琨。

经过认真慎重的选择，林亮带着心灰意冷的杨琨到了上海一家医院。住院之后，医院把这个罕见的病例作为一个典型病案，邀请相关专家多次会诊，研究手术方案。

2014年的12月23日，医院通知第二天给杨琨做手术。医生对林亮说，病例罕见，手术风险很大，一刀下去，是良性的就好，如果是恶性，就……医生让林亮要有足够的思想准备。而林亮说，哪怕有一丝希望，他们也不放弃。

"那天下午，我妈带着我的两个孩子到医院里来看我，我心里很难过，我不知道我第二天手术以后，还能不能再见到我妈和我的两个孩子。但是，我还是笑着给我妈说，没多大事，让她放心。我嘴上这么说着，但我觉得非常对不起我妈。我妈在2013年的时候，开始了二次创业，在经营超市的同时，开了一个茶厂，她不止一次地给我说，让我去帮她，我都没答应。"杨琨用颤抖的声音说，"我不知道……"

2014年12月24日，一大早，杨琨就被护士推进了手术室。因为手术需要全麻，两天后，她醒来的时候，老公告诉她，手术非常成功，因为发现及时，治疗及时，不会有任何后遗症，她喜极而泣。让老公给她拍了一张在病床上的照片，她要发微信圈，给那些关心她，牵挂她的客户和微友报个平安。

在经历了生死考验之后，杨琨对人生有了更深刻的认识，她觉得，人的一生，只有健康的时候，才能活得更精彩。

这是一个创客的时代

轻轻松松创业
跟着创客云商走下去

手术后第43天，尚未痊愈的杨琨拖着虚弱的身体参加在杭州的培训会。"我那个时候真的是很拼，我和很多客户都成了很好的朋友，我在病床上一直坚持和我的客户联系。"杨琨说，那次培训，她几乎坐不住，坐一会儿，就觉得腰酸背痛。

杨琨创业的拼搏精神，让熟悉她的人都颇为感动。但是，面对电商囤货、发货，线上线下的服务，她觉得力不从心了。因为身体原因，她不像过去那么较真了，心态也平和了。她创业就是为了争一口气，就是为了实现自己的价值，而一场大病，让她对人、对事都看开了，没有比生命更可贵的。

就在她准备放弃继续创业的时候，有人给她推荐了创客云商。她在了解之后发现，以产业互联网著称的创客云商，其营销模式是适合所有人群的。巨子生物生产的可丽金类人胶原蛋白产品，是国内外独一无二的产品，从平台到品牌，都是超前的、一流的。不囤货，工厂代发货，只需要分享，客户下单，厂家发货，让创业像呼吸一样轻松的模式，对她这样一个大病未愈而又充满创业激情的人来说，简直是一种福音。

4月2日，杨琨成为创客云商的创客。杨琨说："我没有给自己设定什么目标，我就是很快乐地分享类人胶原蛋白产品。"

成为创客的杨琨，第一个月赚的比她的零花钱都多。杨琨看着自己的业绩，感到很轻松，很满足。

我问杨琨为什么能做那么好？她说："我觉得，做人，比挣钱更重要。我们做任何事情，被大家认同很关键，要想被认同，对人对事，都要有一种真诚的态度。生意，是在做人的时候就成了。"

当我问杨琨以后还有什么打算时，她说："我要跟着创客云商走下去，我有儿有女，有爱我的老公，在创客云商每月都有丰厚的收益，有保障，很幸福。"

杨琨还说："要想创业，要想服务更多用户，就得热心、用心，不能把得失看得太重，宁可自己吃亏，也要让客户满意。只有客户满意了，才能口口相传，才能带来更多的客户。"

在采访结束时，杨琨告诉我，她正在装修一个工作室，让更多的人去体验可丽金，让那些默默为家庭做着奉献的宝妈们，有一个聊天喝茶的地方，与她们沟通交流，引导她们慢慢走出家庭，创造她们美好的人生，活得有尊严。

杨琨，一个成功的创业者。她的创业历程，让人感动！她的创业精神，令人敬佩！她的创业情怀，给人启发！

王微

取得成功的决心比什么都重要

王微是第一位在商场设立专柜的创客。王微说:"有了专柜,消费者就能更直观地了解产品,使用产品,分享产品。"正是因为线上线下的结合,王微的销售业绩日益剧增,她的收益也越来越多。设立专柜后王微发现,在产品的销售过程中,产品体验是一个很重要的环节。来体验的客户不仅变成了创客,而且获得了超出想象的收益。

中学时代
她已做好了创业的准备

　　游离在城市与农村之间，是最尴尬的。说是城市人，没有城市人的户口，享受不了城市居民应有的待遇，说是农村人，又生活在城市中。王微，就生活在渭南市一个城中村。

　　王微出生于1989年，不到三十岁的她，生活阅历却比同龄人丰富了好多。因为生活在城中村，她的性格既有城市人的精明，也有农村人的忠厚。也因为生活在城中村，家庭条件相对较差，她从小就羡慕城市女孩，希望有一天也可以像她们一样过公主般的生活。

　　追求美好的生活，是每个人的愿望，但这种愿望因人而异、因地而异。尽管实现人生愿望的方式是多种多样的，但有一点是肯定的，那就是，自己首先得改变。这就是王微为什么从中学开始，就萌生了创业的念头。她要改变自己的生活，实现自己的理想和愿望。

　　那时，她利用周末，从渭南到西安批发服装，每天傍晚都在街上摆地摊。母亲说她一个中学生摆地摊，有点不务正业，父亲虽不支持，但从来也不反对，因为父亲知道，王微的这种做法，就是想为家庭减轻负担，不管结果如何，愿望总是好的，说明她是懂事的孩子。

这是一个创客的时代

"我家因为盖房负债二十多万，我看着父亲那么辛苦，很心疼。"王微说，她不想因为自己上学给原本就艰难的家里增添任何负担。因此，初中毕业之后，她上了渭南中医学院的高级护理，利用寒暑假期间，打工为自己挣学费。

"我还没来得及赚钱孝敬父母，2008年初，我父亲被查出食道癌，从确诊到去世，不到半年时间。"王微说到父亲的时候，泪水难以抑制地流淌了下来。父亲的去世，让她承受了巨大的打击，同时，也让她对创业有了更坚定的信心。她知道，只有创业，才能减轻家庭的经济压力，才能让母亲安度晚年。

创业，对于一个没有资金、没有经验的女孩来说，并不是一件容易的事儿。为了创业，她必须要有一定的积累。因此，从渭南中医学院毕业后，她选择到医院当了护士。她希望上班之后，边攒钱，边寻找创业的机会。

到医院当护士，至少需要三个月的实习期才能被正式聘用，可她只用了两个月时间，就被一个科室的主任看中。实习的那两个月，她每天第一个到科室，下班之后，打扫完科室卫生，又提前准备好第二天的手术器材，才最后一个离开。七年没有表扬过护士的科室主任当着科室所有人的面表扬她。她成了科室最勤快、最受同事和患者喜爱的护士。

埋藏在心底创业的种子，是在她生完孩子之后开始萌芽的。

生完孩子之后，王微出现了皮肤过敏的症状。在治疗过程中，她了解到，这种症状，在很多女人身上都曾出现过。很多女人因为皮肤过敏苦不堪言。也就在这个时候，她参加了一场医博会，在会上，她听到了白彩霞关于类人胶原蛋白医美产品的介绍。她抱着尝试一下的心态购买了类人胶原蛋白面膜、喷雾等产品，使用了不到一个礼拜，皮肤过敏的症状减轻了，一个月之后，过敏的皮肤彻底被修复了。

王微在了解中得知，类人胶原蛋白是西安巨子生物和西北大学经过十几年研发，并获得过国家技术发明奖的产品，巨子生物是全球少数的量产类人胶原蛋白的生产厂家。王微觉得，这么好的产品，一定会有市场，她下定决心要开一个店，销售类人胶原蛋白的系列医美产品。

辞职创业
八个月赔了十几万

一直有着创业梦想的王微，在丈夫的支持下，于2015年8月，在渭南市万达广场以每月1万元的租金，租了一个门店，毅然决然地辞职，信心满满地准备实现她的创业梦想。

王微的丈夫在铁路系统工作。铁路系统的工作具有一定的流动性，今天在北京，明天可能就在上海。尽管丈夫的工作地点不断变化，但他们彼此之间的感情并没有因此而发生变化。当初，王微和她丈夫悄悄谈恋爱时，她的母亲托人给她找对象，王微赌气说，介绍朋友可以，必须有车有房。而她母亲却说，想找一个优秀的人，自己得先优秀才行。母亲的这句话，对她影响很大。从那个时候开始，她就发誓要做一个优秀的人。当王微准备和丈夫结婚时，她才知道，丈夫的家庭条件比她家的条件好得多。王微觉得，家庭条件再好，自己也要自立自强。她不会像很多年轻人那样，去啃老。

开了门店，王微想着她一定要把类人胶原蛋白做好。那时，类人胶原蛋白的系列产品在其他电商平台销售，只要在这个平台上注册，进货越多，价格就越便宜。王微觉得，采取网店和实体店线上线下同时销售模式，一定能够做好市场。

可是，让她没有想到的是，从她把门店开起来那天起，压力便越来越大。店铺租金、店员工资、乱七八糟各种费用，每月至少要支出1.5万元。而她门店的生意冷清得让她心寒。商场里有熙熙攘攘的顾客，可到她门店的光顾者却寥寥无几，她恨不得把所有的顾客都拉到她的店里。面对进店的顾客，她都认真详细地介绍产品的功效和作用，顾客大都以价格偏高离她而去。回到家里，她更是心烦意乱，她无法面对家人的关心和询问。第一个月下来，她的店营业额还不到5000元。之后的几个月，还不如第一个月。

开店时，家里人没有明显的反对，但也没有人支持她，她希望通过自己的成功，赢得家人对她的认可。她知道，如果自己这次失败了，以后再想创业就更难了。她这么苦苦地支撑着，创业的梦想也变得支离破碎了。她觉得自己快撑不住了，就给在铁路系统工作的丈夫打电话，让他回来帮她。丈夫很爱她，看着她那么辛苦，又不甘失败，就请假回来帮她。

开店八个月，赔了十几万。她不能接受这种失败，但残酷的现实让她不得不去承受来自各方面的压力。失眠、头疼、郁闷，让她陷入绝望的境地。就在这个时候，被她一直尊为老师的白彩霞，给她推荐了创客云商。

2016年2月，初次创业赔了十几万的王微，像抓住救命稻草一样，从渭南赶到西安巨子生物，了解创客云商的运营模式。当她知道创客云商是一个产业互联网平台，是一个低风险、无需囤货、只需学习分享就能实现创业梦想的平台时，她迫不及待地在创客云商平台做了一名创客。

创客云商
一个实现创业梦想的平台

创客云商再次激发了王微创业的热情。从成为创客的那天开始，她就一边了解创客云商和可丽金的优势及品牌，一边不停地分享可丽金。

为了能够让更多的人了解可丽金，王微把可丽金系列产品摆放在让她赔了十几万的店铺里。与原来代理的产品相比，可丽金有明显的价格优势，加上顾客可以感受和体验产品，让她店铺的生意开始有了转机。

"成为创客的第一个月我首次盈利。一年多来，做得最好的一个月，营利在六位数以上。"充满自信的王微说，"创客云商，让我真正实现了创业的梦想，让我创业更自信了。"

王微与其他创客不同的是，她是第一个在商场设立可丽金专柜的创客。王微说："有了专柜，消费者就能更直观地了解产品，使用产品，分享产品。"正是因为线上线下的结合，王微的销售业绩与日俱

这是一个创客的时代

增,她的收益也越来越多。

设立专柜后王微发现,在产品的销售过程中,对产品的体验是一个重要的环节。于是,王微和她的好姐妹陆裴商量,和另外一个人,投资5万多元,开了一家体验店。

王微说:"在商场开专柜,合伙开体验店,我们都是创客云商的第一家。我们合伙开体验店,就是为了相互帮助,抱团成长。"

体验店的开放,对她们运营带来了意想不到的效果。那些曾经对他们有误解的客户,不仅变成了创客,而且获得了超出想象的收益。

当我问她们一年多来能赚多少钱时,王微笑着说:"比上班赚的要多得多。我老公都辞职了,现在跟我一起经营呢。"

当我问她们现在面临最大的问题是什么时,王微说:"不断提高自己,完善自己,做一个优秀的创客,让更多人了解创客云商平台,让更多人享受可丽金带来的美好生活,让更多有创业梦想的人,在创客云商这个平台上实现自己的梦想"。

陆裘

创客云商为创业插上腾飞的翅膀

创业没有想象的那么难,也没有想象的那么简单,关键看你怎么做。创业是一种生活态度,你可以不创业,但不能缺乏创业的精神。我也遇到过很多创业者,今天干这个,明天干那个,最终什么也没干成。在创业的过程中,只要是你认准的事儿,那就一定要坚持。创客云商是一个人人都能创业的平台,无任务,低风险,只要你有创业的梦想,创客云商就能为你插上腾飞的翅膀。

初次创业
让她历经了最心酸的日子

陆裴1986年出生在延安市黄龙县一个农家。

黄龙现在尽管被称为延安的天然氧吧，但依然是延安比较贫困的山区。那里山清水秀，森林密布，鸟语花香，环境优美如世外桃源，可居住在那里的农民，只能守几亩靠天吃饭的薄田赖以生存。

陆裴上大学后，父母为继续供弟弟上学，到郑州一个亲戚那里打工。在大学期间，陆裴为了减轻父母的负担，开始勤工俭学，为自己挣学费。

大学毕业，陆裴嫁到了渭南，并在渭南的一家培训机构谋得一份工作。培训机构的工作并不轻松，工资也不高。陆裴觉得，仅凭自己少得可怜的那点工资，无法改变自己的生活现状，更不要说去孝敬父母。于是，心高气傲、自强不息的陆裴，在培训机构干了一年，就下定决心自己创业。

没有资金，没有经验，没人帮助，只想着要创业的陆裴不知道该从何入手。

一直在寻找创业机会的陆裴，已有孕在身，她在看孕装的时候，萌生了开孕婴店的想法。于是，她考察了渭南市所有的孕婴店。可考察的结果，让她心灰意冷。因为，随便开一家孕婴店，也得十几万元资金周转，还有每年的员工工资、房屋租金、水电费等其他费用，至少也得十几万。可她既无资金，又无人手。她的老公是做工程的，一年只能回来两三次，每次在家也就两三天。公公婆婆身体也不好，总不能让公公婆婆帮忙。

打消开孕婴店念头的陆裴又想着开个饭馆。看了几家饭馆，了解了一下运营情况，她觉得，开饭馆远比开孕婴店更复杂，前期投入更大。

在经过反反复复的考察与思考之后，在朋友的推荐下，她选择做电商，销售化妆品。

不管是做电商还是线下实体店，都会面临资金投入的问题，要在电商平台注册店铺，要缴纳一定的费用。但相比实体店来说，电商投资要少一些。

在没有资金、没有人手的情况下，陆裴花了3万元，在一家电商平台注册了店铺，开启了她的创业之路。

"做电商最麻烦的是要不断囤货，要不断发货。"陆裴说，"做电商那段时间，是我迄今为止最艰辛、最心酸的一段生活。"

购买回来的产品，堆放在阳台上、客厅里，家里一下子显得拥挤不堪。而最麻烦的是，只要有客户在电商平台上下单，她就得按照顾客的地址发货。发货要打包，要送到快递公司，最多的时候，一天要发几十件货，这对于怀孕的陆裴来讲，是一件非常艰难的事情。公公婆婆看着有身孕的陆裴，不得不全力帮她。她做电商，搅动了一家人。看着公公婆婆每天都累得精疲力尽，她于心不忍，但公公婆婆又

这是一个创客的时代

担心有孕在身的她。唯一让他们感到欣慰的是，在公公婆婆的帮助下，生意一天比一天好，但她觉得欠公公婆婆的也越来越多了。

除了进货发货，电商平台还在不断地做培训。陆裴觉得这种培训对她的销售有很大的帮助，她挺着大肚子，到西安、杭州、北京等地参加各种培训。

孩子出生之后，陆裴让在郑州打工的母亲来帮她带孩子。母亲来了之后，因为人多住不下，她不得不在外边租房。那段时间，各种培训不断，她带着不到三个月的孩子和母亲参加培训。

有一次，她在西安培训，母亲抱着孩子就在她培训室外等候，一个上午的培训，她要出来几次给孩子喂奶。每次给孩子喂奶，她都觉得心里很酸楚，她实在不想带着母亲和孩子这样奔波。可是，她既然选择了创业，就要克服各种困难，坚持走下去。

还有一次，在外省培训，培训前，她给孩子喂奶，让母亲抱着几个月大的孩子在培训大厅外的传达室等着。培训大厅温暖如春，参加培训的人不停地和主讲老师互动交流。培训间歇，她出来给孩子喂奶时，却不见母亲和孩子，她问传达室的保安，保安说："你孩子不停地哭，怕影响里边培训，你妈把孩子抱走了。"陆裴冲出传达室跑到路边，看到母亲抱着孩子，坐在不远处一个花圃旁边，不停摇晃着身子，哄着孩子，孩子还在有一声没一声地哭着。陆裴跑到母亲身边，问她为什么不待在有暖气的传达室。母亲说："孩子哭得不行，咱不能让人嫌弃，看不起。"陆裴只喊了一声"妈"，泪水便哗哗地流淌了下来。

一个年轻的母亲，带着自己的母亲和幼小的孩子，四处奔波，参加各种培训，其艰难程度可想而知。可是，对于陆裴来说，在这种心酸的奔波过程中，她结识了很多优秀的销售人员，掌握了电商的运营技巧和模式，在运营方面，不断提升了自己，完善了自己。她相信，通过她的努力，她一定能够实现自己的创业梦想，一定能够给关心她、帮助她的家人一个满意的回报。

创客云商
让创业插上腾飞的翅膀

"没有做过电商、微商的人，根本就不知道创客云商的模式有多好。"陆裴说，创客云商，是她真正实现了创业梦想的地方。

2016年2月，就在陆裴做电商做得最疲惫不堪的时候，白彩霞向她推荐了创客云商。

陆裴在了解中得知，创客云商就是她希望，一直在寻找的一个理想平台。因为，电商囤货、发货，占有大量资金，耗费大量精力，销售业绩还难以变现。在这种疲于奔命的状态下，她多么希望能有一个不用囤货发货的平台。而创客云商的出现，正如她所愿。

当我问她创客云商和她原来经营的电商平台有多大的区别时，陆裴说：

第一，创客云商，不囤货、工厂代发货、不占用资金，创业低风险，你只要分享，有人下单，公司发货，与其他电商平台相比，创客云商做到了对人的解放。

第二，创客云商是产业互联网平台，实现了厂家和消费者的无缝

这是一个创客的时代

对接，节约了成本，降低了产品的价格，让消费者能购买到价格便宜的好产品，且平台提供了人人平等的创业和消费机会。

第三，创客云商销售的可丽金类人胶原蛋白产品，是获得过国家技术发明奖和中国专利金奖的产品，在各大医院已经销售多年，对皮肤的保养修复具有不可替代的作用和功效，具有独一无二的影响和品牌。推广和销售这样的平台和产品，风险很低。

陆裴说，自从成为创客云商的创客后，她觉得自己一下子解放了，轻松了，不像做电商那样忙得晕头转向。她利用过去做电商时积累的资源和客户，迅速推广可丽金，她的收益也远远超过了过去做电商时的收入。

通过在创客云商一年多的运营，陆裴已经成功帮助上千名用户提升专业知识。这些创客，不管兼职的，还是专职的，都在她的帮助和带领下实现了创业的梦想，收入也都得到了极大的提升。

当我问陆裴一年来在创客云商赚了多少钱时，她想了想说："我去年换了一辆车，今年按揭了一套房。"

"创业没有想象的那么难，也没有想象的那么简单，关键看你怎么做"，陆裴说，"创业是一种生活态度，你可以不创业，但不能缺乏创业的精神。我也遇到过很多创业者，今天干这个，明天干那个，最终什么也没干成。在创业的过程中，只要是你认准的事儿，那就一定要坚持。"

当我问陆裴对创客云商的发展前景怎么看待时，她说："创客云商是一个人人都能创业的平台，无任务，低风险，只要你有创业的梦想，创客云商就能为你插上腾飞的翅膀。"

陈薇

在不断学习中实现创业梦想

作为优秀的创客,并不需要刻意地去做销售,更多的时候是在为大家服务。在为别人服务的过程中,让他们主动地去了解产品和创客云商这个能够让任何人实现创业梦想的平台。陈薇像一个医务工作者一样,大家遇到任何美容或营养方面的问题,都寻她解答。她热心的服务赢得了更多人的信任和支持。"信任不是用钱能买到的,信任是无价的,"陈薇说,"就是因为大家信任我,在做可丽金类人胶原蛋白和创客云商平台的推广时,我做得很轻松。"

大学刚毕业,她一个人干五个人的工作;在将被公司提拔的时候,她却选择辞职从西安到上海打工;她再次回到西安,因为产品销售,常年奔波、驻扎在榆林,穿梭在煤矿之间;当她成为双胞胎母亲时,在最短时间里考取了国家级营养师和美容师……她是一个学习能力很强的人,也是一个具有创新意识的人。她是创客云商最早的创客之一,也是这个平台上最早实现创业梦想的创客之一。

之所以优秀
是因为有超强的学习能力

作为最早成为创客云商的创客之一,陈薇无疑是优秀的创客。陈薇之所以出类拔萃,用她自己的话说,她是一个学习能力超强的人,也是一个爱折腾的人。

一个人只有具备了超强的学习能力,面对任何环境、任何工作,都能在最短的时间内快速地适应,而且能有优异的表现。

陈薇1981年出生于古城西安,参加高考那年,她的语文成绩是全省第三,因为英语拉分,她上了西安联大(今西安文理学院)的文秘专业。2003年,大学毕业之后,她应聘到西安一家国企的子公司从事人事管理工作。当时,因为公司正值班子调整和新老交替,她一个干了五个人的工作,人事、办公室、档案、后勤等。她每天只要到了公司,基本都是小跑,她成了公司最忙的人,楼道里总是回响着她欢快的脚步声和爽朗的笑声。她虽然很累,但觉得很充实,在忙碌中不但锻炼了自己,也学了不少东西。

两年后,因为出色的工作表现,陈薇被调到了集团办公室做行政主管。"当时,这份工作对一般的女孩子来讲,已经很不错了,每月有3000多元的工资,福利待遇很不错,工作比原来轻松了很多。"陈薇说,"但我就是想挑战一下自己,想出去闯一闯。"

陈薇辞职的时候,集团所有的领导都不同意。但她还是只身一人前往上海,想在上海这个国际化大都市和全国金融中心历练一番。在上海两年,她先后干了几份工作,每一份工作,对她都是一个新的挑战,每一份工作,她都从零做起,边做边学,做到最好,做到极致。尤其是销售AO医疗器材,她作为总经理助理,对每家医院、每个科室的情况都做到了如指掌。

在上海打工两年,陈薇的思想观念发生了深刻的变化,她觉得上海人比西安人更有经济头脑,上海人对商机的嗅觉比西安人要灵敏很多。但她不想在房价高、消费高的上海扎根落户,她更喜欢生养她的西安。西安的一砖一瓦都是那么熟悉,那么富有文化气息;西安的饮食更适合她的胃口。于是,她又回到了西安。

2007年年初,从上海回到西安不久的陈薇,应聘到长飞光缆西安分公司,从事光缆销售业务。到公司不久,有一天公司老总突然通知她，让她一起到榆林大柳塔调查了解榆林所有煤矿对光缆的需求。

在去榆林的路上，公司老总不停地给她讲光缆在煤矿及井下的作用，以及长飞光缆的历史和品牌。学习能力特强的陈薇认真听了老总介绍，很快，她就对光缆有了一个初步的了解。

到了榆林大柳塔，在煤尘飞扬中，她和公司的老总徒步走遍了大柳塔周围大大小小几十家煤矿。经过一个礼拜的市场调查，回到西安，陈薇写了一份详尽的调查报告，公司老总看后，不仅大加赞赏，而且对她吃苦耐劳的精神予以充分肯定。

干什么都要干成行家的陈薇，到光缆公司不久，便考上了长飞产品高级工程师。很多员工进公司几年，多次考试，都没有考取产品高级工程师，而陈薇，进公司不到半年就做到了，做光缆销售的第一年，她一个人的销售额就达到了300多万。

在做光缆销售的那段时间，陈薇几乎走遍了榆林所有的煤矿。她历经了城市女孩难以想象的艰辛工作，但同时，她也收获了爱情，找到了适合自己的人生伴侣。

双胞胎儿子出生
让她成为国家级营养师和美容师

谈到自己老公和孩子，陈薇的脸上总是洋溢着难以抑制的笑容。

陈薇和老公相识时，正是陈薇工作最辛苦的那段时间。那时，因为工作需要，她和西安华光信息技术有限公司有密切的业务往来，该公司承担着陕北很多煤矿的信息技术支撑，陈薇销售的光缆，也要通过华光信息技术进行设计和调试。正是因为这样，陈薇总是往返在西安与榆林之间，总是在和光华信息技术的工程师打交道。

有一次在榆林神东煤矿，华光信息技术的一位领导问她："你一个女孩子，怎么能从事这么辛苦的工作？"陈薇笑着说，她不觉得辛苦。那位领导便问："你有男朋友吗？"陈薇说没有。那位领导笑着说："我给你介绍一个怎么样？"陈薇说："好啊。"那位领导冲着办公室喊："小王！小王在不在？"办公室的人回答："下井去了。"他又喊叫："小张在不在？"回答依然是下井去了。那位领导笑着说："我们这儿没有对象的小伙子可多了，绝对能给你介绍一个满意的。"

陈薇和老公刘迅的相识，是因为一次招投标。当时，煤矿要使用她代理的光缆，但按程序需要招标。华光信息技术的领导就安排刘迅帮陈薇完成招标。

"你知道我第一次见到刘迅是什么感觉吗？"陈薇笑着说，"当时他刚从井下上来，满脸满头的煤灰，我从来就没见过那么脏的人。"

沉默寡言的刘迅帮了陈薇一个礼拜。有一天，陈薇看见刘迅手上的伤疤，就问他是怎么伤的。刘迅说，是液化气烧的。陈薇问疼不疼？刘迅说："那算什么？我鼻炎，做手术的时候连麻药都没打。"刘迅不经意的一句话，却深深地打动了陈薇的心。陈薇心想，这是一个坚强的汉子！一个实在稳重的汉子！

刘迅帮陈薇做完标书后，恰逢国庆长假。擅长户外探险旅游的刘迅小心翼翼地说，他要去九寨沟旅游，问陈薇想不想一起去？走南闯北的陈薇笑着说："去呀！为什么不去？"

这是一个创客的时代

就这样，他们自然而然地走到一起。用陈薇的话说，找对象，一定要找适合自己的人，而不是一味地去找优秀的人。而刘迅，对她来说，既是适合她的人、优秀的人，也是最疼她、最爱她的人。

聪明能干的陈薇怀孕之后，因为妊娠反应过大，不得不辞职回家。而作为工程师的刘迅，尽可能抽时间陪伴着有孕在身的陈薇。

2012年3月，陈薇生下了一对双胞胎儿子。为了能更好地养育两个孩子，陈薇和丈夫决定，一定要自己带孩子。一直好强好学的陈薇，为了带好孩子，为了消除因为生孩子脸上留下的斑，在带孩子的空余时间她考取了国家营养师和美容师，义务在小区的群里为宝妈们答疑解惑。她成了小区群里最热情最有爱心的宝妈。可是，高级美容师的知识，却无法消除脸上严重的斑痕。让她没想到的是，因为治疗脸上的斑痕，她知道了类人胶原蛋白，知道了创客云商，也因此开启了她宝妈创业的新征程。

创客云商
让创业人生更精彩

2015年国庆节过后，巨子生物有工作人员给陈薇打电话，说巨子生物搭建了一个创客云商平台，希望她能成为创客。陈薇在交谈中得知，巨子生物是根据她在网上购买他们产品的数据找到她的。

"我生完孩子以后，脸上的斑很厉害，人显得老了很多，当时到医院治疗，做激光之后，不管是哪家医院，开的都是类人胶原蛋白护肤产品。"陈薇说，"当我知道类人胶原蛋白是西安巨子生物生产的产品时，当时就在想，如果能到巨子生物上班就好了，至少可以购买使用便宜的产品。我们有一个QQ群，有800多人，都是因为皮肤有问题，都在用由医院开的类人胶原蛋白产品。当时，我们在群里互相问，有没有在巨子生物上班的？因此，当巨子生物的工作人员给我打电话让我成为创客云商的创客时，我说我不知道创客云商是干什么的，我希望能到巨子生物上班。"

过了几天，另外一个人给陈薇打电话，还是介绍创客云商。陈薇还是说，她不想知道什么创客云商，她只是想到巨子生物上班，购买便宜的产品，分享给她的那些皮肤有问题的朋友。打电话的工作人员详细地了解了陈薇的情况后说："你有两个孩子，到公司上班谁给你带孩子？这显然不现实，你想到公司上班，就是为了使用便宜产品嘛，你成为创客，不但能够使用便宜的产品，而且可以通过分享，实现创业的梦想，这不是一举两得的事吗？"

陈薇把创客云商的大概情况给老公刘迅讲了一下，并说，周六有交流会，希望老公能陪她一起去听听，帮她参谋一下，看看创客云商的事儿到底能不能做？

2015年10月18日下午，陈薇在老公的陪同下前往巨子生物。那天，恰逢主讲人就是巨子生物的首席科学家、创客云商的CEO马晓轩。马晓轩从类人胶原蛋白的研发、生产、销售，讲到了创客云商运营模式和平台的发展前景。

陈薇和老公边听边提问。因为，在此之前，陈薇曾经想到做电商。但是，在了解过程中发现，几乎所有的电商都要囤货、发货，占

这是一个创客的时代

用大量资金，而且如果做电商，她就无法照顾孩子。后来，有人推荐她做澳洲代理，她详细了解之后，觉得这种代理赚钱不多、囤货不少，每次囤货至少得十几万元。了解做过电商和代理的陈薇，听到创客云商的运营模式之后，觉得创客云商就是她一直期待的平台和模式。

陈薇在征求老公刘迅的意见时，刘迅说："创客云商是一个非常好的平台，生物工程，朝阳行业，产品适合所有人群，拥有很好的发展前景。"

有了老公的支持和肯定，陈薇便信心满满地在现场成为一名创客。

成为创客云商的创客之后，陈薇在她原来经常互动的一个QQ群里发了消息，说现在可以拿到七折的产品。那个群有800多人，全部是做光疗的朋友。陈薇因为光疗之后使用类人胶原蛋白产品效果明显，她就经常在群里分享光疗应注意的事项及类人胶原蛋白产品如何搭配使用，她的分享赢得了群友的信任。因此，当她说可以购买七折类人胶原蛋白产品时，还没等到她回家，就有很多朋友把钱转给她，要求购买。

学习能力超强的陈薇，很快了解了创客云商的运营模式及其可丽金类人胶原蛋白的功效和作用，并且坚持每天学习护肤知识，学习怎样搭配使用产品，同时，还参加了国家高级美容师和营养师的学习和考试。用她自己的话说，只有不断学习，才能决定未来的发展方向。

陈薇做创客的第一个月就赚了两个月的工资，第二个月翻番，两年来，她已经有了稳定的收益。

陈薇是一个优秀的创客，她的业绩一直在稳步上升。而她并没有刻意地去做销售，她更多的时候是在为大家服务，在为别人服务的过程中，让他们主动地去了解产品和创客云商这个能够让任何人实现创业梦想的平台。

在过去的光疗群里，很多朋友主动加她微信，与她私聊，了解创客云商并成为创客；在她居住的小区群里，她像一个医务工作者一样，大家遇到任何美容或营养方面的问题，都找她解答。她在小区散步，经常会有人给她打招呼，她却不知道对方是谁。她热心的服务赢得了更多人的信任和支持。

"信任不是用钱能买到的，信任是无价的。"陈薇说，"就是因为大家信任我，在做可丽金类人胶原蛋白和创客云商平台的分享中，我做得很轻松。"

当我问陈薇如何看待创客云商时，陈薇说："首先，创客云商这个平台是一个利人利己的平台，是一个帮助别人成就自己的平台，是一个只要努力创业就能实现梦想的平台；第二，创客云商是一个解放宝妈的平台，很多宝妈，为了孩子，辞职在家，远离了朋友，远离了人群，而创客云商，打开了宝妈的生活圈子，让宝妈的生活更精彩，更快乐。"

在采访过程中，陈薇告诉我，做了创客云商的创客之后，她的家庭更幸福了，她有更多的时间陪伴和教育双胞胎儿子。她描绘了自己每天接送孩子上下学的情景：两个儿子背着书包，争相从她手上接过她买的菜，高高兴兴地走在她的前边，边走，边回头与她交谈。她两手空空地看着双胞胎儿子欢快的样子时，她的心里就充满了感动。

创客云商成就了无数宝妈的创业梦想，也促进了无数个家庭的和谐与幸福，让无数个孩子在母爱的滋养下健康成长。

李雨霏

从儿子的画中走进创客云商

面对生活，面对创业，只要有敢于"向宇宙下订单"的信念和决心，人生一定会很精彩，创业一定能够所向披靡。

2016年母亲节那天，儿子送她的一幅画，让颓废甚至对生活绝望的李雨霏幡然醒悟，下决心要走出家庭，走向社会，创造属于自己的精彩人生。那么，李雨霏的儿子送给她的到底是一幅什么样的画？一幅画怎么能激起八年没有上班的她对生活、对创业的巨大热情？

儿子画的枕头
让她顿时泪流满面

　　2016年母亲节那天，李雨霏儿子所在的幼儿园，邀请所有家长参与班里组织的活动，让每个孩子在节日里送给母亲一件礼物。活动要求，礼物必须是孩子自己亲手制作的，可以是一幅画，也可以是一件手工制作的礼物。

　　李雨霏兴高采烈地走进幼儿园，坐在幼儿园教室里，看着自己的儿子，猜想着上大班的儿子会送给她一件什么样的礼物。她觉得，儿子不管送她什么她都会喜欢。假如儿子送给她一根羽毛，她肯定会有腾飞的欲望。

　　教室里充满了欢快温馨的气氛。孩子们把自己给母亲制作的礼物

这是一个创客的时代

交给老师。有的孩子画了汽车，老师问为什么要送给妈妈汽车？孩子说，妈妈每天骑电动车送他很辛苦，有了汽车，就不怕下雨下雪天了；有的孩子画了大大的房子，还有孩子画着妈妈拉着孩子的手……总之，各种憧憬着美好生活的画不断被老师展示、提问、肯定。

老师把李雨霏儿子的画展示给大家看，并问"送给妈妈的礼物是什么？"时，李雨霏的儿子说他送给妈妈的是枕头。老师很诧异地问："为什么要送给妈妈枕头啊？"李雨霏的儿子说："我妈妈什么也不会干，就知道睡觉。"

李雨霏儿子的这句话，让温馨欢快的教室像遇到寒流一样冷了下来。老师用无奈的目光在寻找李雨霏。而李雨霏在听到儿子"我妈妈什么也不会干，就知道睡觉"那句话后，泪水一下子涌出了眼眶。

"你知道我当时是什么感受吗？"李雨霏有点激动地说，"我一直以为我是一个好母亲，在精心地养育孩子。可实际上，我在孩子的心目中，就是一个只会睡觉的母亲，是一个没用的人，一个失败的人。一个失败的母亲，怎么能培养出优秀的孩子？"

那天回家之后，李雨霏一个人在小区的院子里徘徊、思考。她在思考自己的生活和人生。有了孩子，她就没有再上班，看着孩子一天天长大，自己却越来越迷茫，越来越颓废。孩子上幼儿园，丈夫每天接送孩子，自己每天都睡到上午10点，甚至11点才起床，起床之后，也不知道自己该干什么，甚至连脸都不洗。她觉得自己在生活中失去了方向，和丈夫总是吵架，吵到了两个人面对面坐着都不愿意说话。她知道，她和丈夫吵架的原因主要在自己，可就是忍不住要和丈夫吵。丈夫带她去医院看病，医生说，她患有严重的焦虑症。而她自己觉得她得了抑郁症，对什么都没有兴趣，对什么都不关心，总是觉得活着没有任何意义。她到了几天不洗脸，出门不打扮，不修边幅的地步。2016年春节期间，在北京工作的一个朋友回西安，请大家聚餐，她实在推辞不过，就在睡衣上套了件大衣，带着儿子去了。因为包间暖气太热，她和儿子脱了外套。当十几个人发现她和儿子穿的是睡衣时，个个惊得目瞪口呆。她穿着睡衣参加朋友聚会，成了好长一段时间大家议论的话题……

李雨霏回想着过去几年不修边幅、消极颓废的生活，耳边始终回响着"我妈妈什么也不会干，就知道睡觉"的话语，她觉得她不能再这么下去了，如果这样下去，连儿子都看不起她了。

从那天起，李雨霏就下定决心，要改变自己，她不能继续待在家里，她必须要有事情做，才能改变自己的精神面貌和生活现状。

可是，她能干什么呢？

创客云商
一个重塑人格与尊严的平台

一直在寻找创业机会、重塑自我形象的李雨霏，终于迎来了让她回归美好生活的机会。

2017年2月19日下午，李雨霏带着儿子去找卫洋华，想请教卫洋华如何培养孩子的阅读兴趣。李雨霏和卫洋华是在蓝田山里扶贫时认识的。当时，她们各自带着孩子，让孩子在贫困家庭体验和感受生活

这是一个创客的时代

的艰辛，卫洋华帮李雨霏拍了几张照片，双方虽互加了微信，但再也没有联系过。从来不发微信，但喜欢每天都看微信的李雨霏发现，开有公司的卫洋华每天都会发几十条微信，她的微信内容涉及范围很广，环保、教育、医疗、保健、美容等，凡是觉得有用的，能给别人启发或启示的，她都转发。一直关注卫洋华微信的李雨霏觉得，和她仅有一面之缘的卫洋华是积极阳光、努力向上的。因此，她从心理上觉得与卫洋华是亲近的、熟悉的。有一天，李雨霏看见卫洋华发了一条她女儿喜欢阅读的微信之后，便主动联系了卫洋华，说有事找她，因此，两人约定2月19日下午见面。

李雨霏找卫洋华原本是讨教如何教育孩子的，而卫洋华见到李雨霏后，简单聊了几句，便向她推荐了创客云商这个轻创业的平台。李雨霏不知道创客云商是干什么的，卫洋华简明扼要地说，创客云商是一个产业互联网平台，是一个通过学习分享就能实现创业梦想的社交平台。李雨霏听说能够创业，又想起了儿子在幼儿园给她画枕头的事儿，于是，她说："那我就做一个创客。"

卫洋华当时有点吃惊，因为，她和李雨霏见面还不到十分钟，她还没有完全讲清楚创客云商的运营模式和可丽金类人胶原蛋白的品牌，李雨霏就要成为创客。卫洋华觉得李雨霏的决定有点冲动，便问："你考虑好了？"

李雨霏说："考虑好了。"

卫洋华知道李雨霏已经有八年没有上班了，对于一个八年没有上班的宝妈，做任何事儿，是不是应该和家里人商量一下？很多宝妈，在家里是没有地位、没有自主权的。于是，卫洋华盯着李雨霏说：

"你要不要和家里人商量一下。"

李雨霏听卫洋华这么一说，有点误解卫洋华的本意，心里觉得很不舒服。心想，儿子瞧不起我，给画一个枕头，说我除了睡觉，什么也不会干，而现在，卫洋华又这么说，感觉我什么事情都要依赖家里人似的。李雨霏想到这儿，有点赌气的她说："不用商量，这点事儿我还能做主。"

李雨霏让卫洋华帮她成为了创客云商的创客之后，心想："既然在这个平台别人能做好，我为什么就不行呢？"

成为创客之后的李雨霏，开始参加公司举办的各种培训和活动，她如饥似渴地了解创客云商的运营模式和可丽金类人胶原蛋白的功效和作用，她要以此为契机，走出家庭，结束自己"画地为牢"的宝妈生活。

一次培训会上，培训老师吕颖平先生的课，像火一样完全点燃了她生命深处的创业激情。

那天，在培训班上，吕颖平老师说，公司为了更好地服务众创客，专门制定了成为公司正式员工政策，吕颖平讲到此处，突然问："成为公司的正式员工，我想问，你需要多长时间？"

整个培训会场突然安静了下来。吕颖平问一个宝妈："作为一个宝妈，让你成为公司的正式员工，你需要多久？"

那位宝妈想了想说："大概得三个月。"

"那好。"吕颖平说，"假如说，把你孩子放到我这儿，等你什么时候做到，再来接走你的孩子，你需要多长时间？"

会场更安静了。那位被问的宝妈突然哭了。

李雨霏听到吕颖平老师的提问之后，眼泪突然涌了出来，她在心

这是一个创客的时代

里想:"为了换回我的孩子,我只需要一天,哪怕我跪着求人,也要在一天之内完成。"

就在李雨霏这么想的时候,那位宝妈抽泣着说:"请给我三天时间!"

"吕颖平老师讲的那次课,让我震惊不已。"李雨霏说,"我觉得我身上潜藏的激情被他瞬间点燃了。"

培训间歇,李雨霏给卫洋华打电话说:"你知道吗,公司有成为正式员工政策,你和我都要努力,要争取成为公司正式员工。"卫洋华听到李雨霏充满激情的声音时,松了一口气,她知道,这个做了八年宝妈,几乎把自己封闭得快要与世隔绝的女人,已经冲破重重阻力,开始创造属于自己的美好人生了。

家人支持
让宝妈蜕变为优秀创客

当雄心勃勃的李雨霏开始不断分享创客云商的运营模式和可丽金类人胶原蛋白时,她丈夫有点不高兴了。丈夫是公务员,夫妻之间有很多共同的朋友,李雨霏的丈夫对创客云商和可丽金并不了解,以为李雨霏在做微商。老婆做微商,让他觉得没面子。

李雨霏并没有因为丈夫不高兴而受影响,她反而更认真更勤快了。现在,她不再像过去那样,早上睡到11点,起来无所事事,而是每天和丈夫一起起床,一起出门。丈夫送孩子上学之后去上班,而她去拜访已经提前安排或者预约的朋友。她要让她的朋友都了解创客云商，都要用上可丽金类人胶原蛋白。

"我几十个朋友，只有一个没有做创客，其他朋友都成了创客云商的创客。"李雨霏说，"我不仅发微信分享，而且对所有朋友进行挨个拜访，我觉得，只要你讲清楚创客云商的运营模式和可丽金的品牌影响力，他们都愿意专职或兼职做创客。"

为了赢得丈夫的支持，一个周末，李雨霏让丈夫陪她去参加公司的培训。其实，她并不是为了让丈夫陪她，而是想让丈夫了解一下巨子生物的发展和创客云商的前景。那天下午，正好省上的一个领导到巨子生物公司视察，李雨霏的丈夫听到省上领导对创客云商和可丽金的高度评价后，他觉得老婆干的事儿他应该支持。省上领导走后，李雨霏的丈夫遇见了类人胶原蛋白之母范代娣。李雨霏的丈夫上大学时，范代娣教授在西北大学化工学院任教和搞科研，他们都是蒲城老乡，二十年后再见面就显得格外亲切。在与范代娣教授交谈中，他对可丽金类人胶原蛋白产品和创客云商平台及运营模式有了更准确的认识和了解。

也就是从那天开始，李雨霏的丈夫不仅全力支持李雨霏，就连曾经给李雨霏画枕头的儿子，也在支持李雨霏创业。暑假期间，李雨霏想带儿子出去旅游，儿子说："妈妈，你不是要当公司正式员工吗？我们今年不出去了。"儿子的话，让曾经伤心的李雨霏心里淌过一股暖流。

从开始到成为公司正式员工，李雨霏用了半年多时间。这半年多的时间，李雨霏也像变了一个人似的。过去，她萎靡不振，不修边幅，而今，她第一次给自己买了口红和眉笔，她开始重塑自己的形象了。现在的李雨霏，总是激情饱满，光鲜靓丽。过去，她不愿意与任

这是一个创客的时代

何人交谈，而现在，她说起话来机智幽默，饱含哲理。拥有了可持续收入和终生可以经营的事业，还成了公司的正式员工。创客云商让李雨霏实现了一次人生的蜕变，用她自己的话说，创客云商给她的生活和人生带来三点变化：

"第一，创客云商让我变得愿意与人交流了，生活丰富了，现在不管看见谁，都觉得很可爱。

"第二，创客云商让我自己充实了，不和丈夫吵架了，儿子对我的态度也变了，觉得我是他的榜样，每当儿子说：'妈妈，你真棒时'，我都很感动。通过创业，没有恐惧感了，我把生活过得更精致了。我觉得自己也有信心有能力给儿子创造更好的成长环境。

"第三，创客云商让我的性格开朗了，原来有点消极，现在阳光了，变得爱学习了，觉得有能力支撑自己的理想和愿望了。"

李雨霏在接受我的采访中，反复说到一句话：信念很重要。

她说，面对生活，面对创业，只要有敢于"向宇宙下订单"的信念和决心，人生一定会很精彩，创业一定能够所向披靡。

我第一次听到"向宇宙下订单"。我不知道"向宇宙下订单"是一种什么样的气魄，但我知道，当过八年宝妈的李雨霏，通过创客云商，实现了她人生当中最华丽的一次转身。

邱晨霞

用可丽金改变家族命运

这个时代对草根来说，真是太好了。每个人都有公平的创业机会，不用拼爹娘、拼人脉、拼关系、拼文凭，只要有梦想，只要敢打拼，就可以成就未来。每一个生命都值得被尊重，每一个梦想都值得用一生去实现，相信相信的力量。不打拼，怎么知道自己可以？什么都不敢做，不会失败，但有谁会说我们的人生是成功的？折腾过、闯荡过，就算有失误，但我们一定是越来越优秀，谁又能说我们是失败的？所有的草根们，30岁以后，你过得怎么样和出身、和父母没有什么关系，唯一有关系的是：你自己的内心，想过什么样的生活！

父亲的背影
成了她奋斗一生的动力

　　一个人只有经历了苦难的历程，才能对生活有深刻的认识；一个人只有经历过贫穷的磨难，才能珍惜和把握眼前的生活，才能不断地努力改变自己，改变自己的命运。邱晨霞，就是一个经历过苦难、感受过贫穷，通过自己的努力改变自己命运的人。

　　邱晨霞，1976年出生在甘肃省通渭县一个偏僻的山区。那是一个交通不便、信息闭塞的山区。在邱晨霞的记忆里，父母总是为一家人的吃饭穿衣四处奔波，但不管家里再穷，父亲都坚持让她和弟弟妹妹四个孩子上学。在父亲的眼里，要改变他们的命运，首先得让他们上学。"穷人的孩子早当家。"在家里异常贫困的情况下，父亲毅然决然地要供邱晨霞继续上学。父亲对她说："只要你好好学习，你上到哪一步，我把你供到哪一步。"父亲的话让她很感动，她在学习上也很用功。因为，村里很多与她一起上学的女孩子，小学毕业后，都回家了。他们的父母都认为，女孩子能认几个字就不错了，学上得再多，也没有用。

　　初中毕业后，邱晨霞考上了高中，她是村子里第一个考上高中的女生。村里人为她感到骄傲的同时，也为她担忧，因为，他们都知道，对于贫困的家庭来讲，供一个高中生上学意味着什么。上高中，交学费，还要住宿，这对于有四个孩子的家庭，是多大的负担？

"我父母都是农民，除了种地，没有什么收入，但他们一直坚持让我上学。"邱晨霞说，"父母为了让我上学，为了让我成为一名大学生，吃苦受累，历尽艰辛。妈妈白天忙地里的农活，晚上在煤油灯下做针线，缝缝补补到很晚，第二天总是很早就起来，给我们做早饭。那时候，家里没有闹钟，妈妈都是看着启明星，听着公鸡叫起床做饭的。好多次，饭做好了，天还没有亮。十几年来，妈妈为了我们四个上学，没有睡过好觉，可怜天下父母心！"

在上高中的时候，有一天，邱晨霞看见父亲拉着一架子车胡麻秆去镇上卖。家里离镇上有十几里路，父亲拉着架子车，气喘吁吁，汗流浃背地到镇上卖一次胡麻秆，连她一个礼拜的伙食费都不够，可是父亲实在没有别的办法。卖了胡麻秆，父亲连几毛钱的一个烧饼都舍不得吃，他把攒下的每一分钱都留给女儿，就是为了让自己的女儿在学校里不饿着肚子。从那时起，邱晨霞的眼前总是浮现着父亲拉着架子车的背影，那么清晰，她告诉自己，一定要好好学习，绝不能辜负父母的期望。

"多少年来，我一直忘不了父亲拉架子车的背影。父亲负重的背影，成了我战胜自己、改变自己的最大动力。"邱晨霞说，"我每次遇到困难的时候，父亲的背影，总是会浮现在我的眼前。"

这是一个创客的时代

相亲不成
开启人生新征程

家庭的贫困和父母默默无闻的支持，让邱晨霞暗下决心一定要考上大学，她要用自己优异的学习成绩回报父母。可是，她的英语成绩总也提不上来。高考成绩出来之后，她还是因为英语拉分而落榜了。

高考落榜的邱晨霞觉得无颜面对父母，她的眼前不断浮现着父亲的背影。她觉得，她尽管上了高中，参加了高考，依然会像那些没有上高中的村姑一样，结婚生子，过着面朝黄土背朝天的日子。

就在邱晨霞最失落的时候，大姑的亲戚给她介绍了一个在兰州的对象，希望她能到兰州相亲去。在父母的眼里，没有考上大学的邱晨霞，如果能够在省城找一个人家，总比生活在这种鸟不拉屎的偏远山区好得多。父亲甚至认为，上过高中的邱晨霞，就应该在大城市生活。

邱晨霞遵父母之命，只身一人前往兰州相亲。到兰州后，她发现，亲戚给她介绍的那位男士，各方面条件还不错，是开公交车的，家里还开有商店。

"人家男的没看上我，"邱晨霞在说到这段往事的时候，有点喜不自禁。她说："我得感谢那位男士，多亏她没看上我。我也得感谢我的大姑，如果不是她让我去兰州相亲，就没有我的今天。"

邱晨霞和那个男子见面后发现，人家根本就没看上她，甚至有点瞧不起她，与那个男的分手之后，邱晨霞一脸迷茫地行走在兰州的大街上，低落的情绪与繁华喧嚣的城市形成的强烈反差让她觉得很沮丧，她不知道自己的未来在哪里？她漫无目的地在街上溜达。走着走着,她被路边的一群人挡住了。她站在旁边看了看才发现,是西安一所民办高校在兰州招生。她要了一张招生简章认真地看了起来,看完之后她知道,她的高考分数线,远远超过这所民办院校的录取分数线。她激动地把招生简章紧紧贴在胸前,笼罩在她心头的阴霾瞬间消失了。她知道,尽管民办院校远不及那些名牌大学,但也毕竟是高等教育。

兰州相亲,成了邱晨霞人生的一个重要转折点。当她把可以上大学的消息告诉父母时,父亲依然是那句话,你能学到什么时候,我就供你到什么时候。

邱晨霞成了方圆十几里三个村庄有史以来的第一个女大学生。她听说高等护理毕业之后好找工作,毫不犹豫地选择了高等护理专业。毕业之后,她留在原来实习时所在的山东东营的一家医院。

"我在医院当了十四个月的护士就辞职了,"邱晨霞说,"工资太低了,我本想上班后能贴补父母,可工资收入只能勉强地维持我自己的生活。"

邱晨霞辞职之后,她回到上大学的西安。她喜欢西安这个城市,这不仅仅是她人生梦想起航的地方,更重要的是,这座历史名城,离她的老家甘肃比山东要近得多。

回到西安,邱晨霞做了一年的保健品销售。那一年,是邱晨霞职业生涯中最难忘的一年。每天早上5点起床,拿着宣传材料上街派发,晚上回到宿舍,要给每一张宣传材料上写下自己的联系方式,常常写到十一二点,写得手指僵硬,身心疲惫。那年冬天,她的手上到处都是冻疮。每当她觉得自己快坚持不住的时候,她的眼前就会出现父亲

这是一个创客的时代

拉着架子车去卖胡麻秆的背影。父亲负重苍老的背影，给了她源源不断的动力，让她战胜了重重困难。她要用自己的成就来告诉父亲，他的付出是值得的，他的坚持是对的。

有一分付出就有一分收获，更何况，她付出了十分。因为她的努力与付出，三个月时间，她升为主管，被派去开发渭南市场，后来又调到沈阳。她的业绩总是遥遥领先，她成了医药行业很多人都熟知的销售人员。

2004年10月，在老家同学的推荐下，她到天远集团上班。天远集团是医药企业。到天远集团十三年来，她从一个普通的业务人员，到客服部，到招商经理，再到现在的部门总经理，她的每一步，都留下了辉煌的业绩，她的每一项工作，深得集团领导的肯定与认可。

做好创客云商
在创业引领中改变家族命运

创客云商让邱晨霞实现了改变家族命运的愿望。从她上大学的那天起，她一直就有一个梦想，梦想穿上花裙子，成为城里人，而这个梦想通过努力已经实现了。她还有一个更大的梦想：做孩子的榜样，做父母的骄傲，改变家族的命运，成为一个能帮助别人、有价值的人；凭着努力，引领自己的弟弟妹妹通过创业去改变命运。尤其是她步入集团的高层之后，这种愿望更为强烈。可是，她一直找不到一个合适的项目，找不到合适的机会。

2016年2月22日,她了解到,创客云商是巨子生物创建的一个新型的移动社交电商平台,而巨子生物她早有耳闻,那是一家先进的生物科技公司,是全球少有的量产类人胶原蛋白的厂商。可是,她对创客云商的运营模式和可丽金并不完全熟悉。

2016年11月25日,邱晨霞所在的天远集团召开动员大会,希望公司所有人员积极参与并成为创客云商的创客。公司负责人杨志宏董事长和陈元元总经理在大会上向大家详细介绍了创客云商轻创业、低风险的运营模式和可丽金类人胶原蛋白的功效。在介绍完之后,公司向大家郑重承诺,凡是公司所有成为创客云商的员工,可以兼职创业,工资照发,赚的钱归个人所有。她冥冥中觉得,机会来了,这一定是自己众里寻他千百度的那个创业机会!

很多企业,是严禁职工兼职的,而天远集团的老板,竟然让大家兼职创业,工资还照发不误,这听起来,似乎有点不可思议。但事实证明,这种兼职创业的方式不但没有影响到本职工作,反而调动了大家工作的积极性,增加了员工和公司的黏性,成为终生的合作伙伴。

动员会之后,邱晨霞开始认真研究创客云商和可丽金。她觉得只要想做,人人都能做好。首先,产品太牛了。产品的品质比她曾经销售的很多产品都要好,品质不如可丽金的产品她都能销售得很好,可丽金这么响当当的牌子,肯定能销售得更好!其次,创客云商这个平台很了不起。没有任务压力,风险很低。更何况,只要成为创客,就会在创客云商拥有自己的网上店铺。这个店铺将会永远属于自己,所有消费者在这个店铺上购买的产品,都会享受到公司

这是一个创客的时代

免费邮寄，自己能获得超低的自用价格，并拥有平台所有产品的全国代理权。可以说，这是个一本万利的生意。

2017年1月8日，邱晨霞参加了巨子生物每年一度的年会。会议上，西北大学校长郭立宏、腾讯副总裁马斌（马化腾弟弟）、中国十大自媒体人王冠雄、北京军区总院院长杨蓉娅、巨子生物董事长严建亚、类人胶原蛋白之母范代娣教授、创客云商董事长马晓轩等政界、学术界、互联网界大咖都做了发言，她认真听了关于创客云商和可丽金的有关介绍之后，越来越觉得自己选对了平台。

邱晨霞在接受我的采访时说，可丽金真的是个好产品，创客云商是一个难得的创业平台。如果别人不认可，是因为不了解，没有人不想美丽，不想健康，不想有所成就。"我第一次在微信里分享可丽金后，就有人下了1700多元的单子，我当时觉得太神奇了。"

有一天，邱晨霞去一个裁缝铺裁裤边，她看见那位年轻的裁缝满脸的痘痘，她说，针对那种痘痘可以搭配使用可丽金类人胶原蛋白，那个裁缝连头也不抬一下。邱晨霞说："可丽金在四医大也有卖的。"那个裁缝抬起头很吃惊地看了她一眼。邱晨霞给那位裁缝讲了很多治愈过敏性皮炎和激素性皮炎的案例，临走时，她和那个裁缝互加了微信。

过了两天，那位裁缝打电话给邱晨霞，她说："姐姐，我要成为创客。"

邱晨霞在分享过程中也有过被朋友拉黑的情形，她一旦发现，就会直接打电话过去，笑着问："你怎么把我拉黑了，你把我拉黑了，怎么能看到我推荐那么好的产品啊，我给你说，我推荐的可是技术领先的品牌……"。对方大都不好意思，连连说："我没有拉黑你啊。"邱晨霞会说："我给你私信，发不过去，赶快把我放出来。"

"曾经把我拉黑的几个朋友，后来都成了创客。"邱晨霞笑着说，"这说明他们不是不认同可丽金，而是因为他们不了解。"

当我问她做创客云商的创客以来，总共能赚多少钱时？邱晨霞说，我在创客云商赚的钱，比工资要多很多，关键是，帮助了我家族里的亲朋好友，也实现了创业的梦想，改变着家族的命运，这是让我感到最欣慰的。我弟弟，在我的帮助下，做得比我还好，我们都已经成为公司正式员工。我们的那些亲朋好友，要么变得更美丽健康，要么赚钱了，能力和眼界都得到了提升，现在都很感激我。其实，我觉得最应该感谢的还是创客云商这个平台。

采访快结束时，邱晨霞兴奋地说："这个时代对我这样的草根来说，真是太好了。每个人都有公平的创业机会，不用拼爹娘、拼人脉、拼关系、拼文凭，只要有梦想，只要敢打拼，就可以成就未来"。正如她所说，每一个生命都值得被尊重，每一个梦想都值得用一生去实现，相信相信的力量。不打拼，怎么知道自己可以？什么都不敢做，不会失败，但有谁会说我们的人生是成功的？折腾过、闯荡过，就算有失误，但我们一定是越来越优秀，谁又能说我们是失败的？所有的草根们，三十岁以后，你过得怎么样和出身、和父母没有什么关系，唯一有关系的是：你自己的内心，想过什么样的生活！

一个兼职的创客，能够引领家族成员在创客云商这个平台上创业，改变家族命运，这到底是创客的创业精神使然，还是创客云商的魅力使然？

李文静

做一名走心的创业者

我能成功,有三个原因:第一,我抓住了互联网创业的最佳商机,机遇很重要。第二,我始终坚持坦诚做人,用诚信赢得客户,诚信很重要。第三,要相信自己,要能坚持,我自己的座右铭是:"天大的事儿都不是事儿",自信很重要。第四,要会挖掘资源,整合资源,转换资源。不管是做家纺,还是做可丽金,我都把资源进行了有效的整合和转化,我的很多客户,既买我的家纺产品,又购买可丽金,资源很重要。我不认为创业有多难,关键是自己能不能专注地去做。

感谢花生米和黄瓜

李文静1990年出生在江苏南通一个生意人家,因为是独生女,从小就被父母视为掌上明珠娇惯着。2003年,李文静的母亲办了一个织布厂,开启了他们家的织业生涯。通过四年的发展,李文静家的织布厂不仅织布,而且还做床上用品。从原料到成品,他们家的织布厂逐渐实现产业化多元化的发展模式。

因为家有生意,人手紧缺,2012年,李文静从南京中医药大学毕业之后,在母亲的请求下,回家帮母亲料理生意。母亲说,每月给她3000元工资,但实际上,因为资金周转紧张,母亲只能给她一点零花钱。学了几年的医药销售,就此没了用武之地。但她又不能不帮母亲。

"过去我的生活全部是家里人安排的,包括找对象,我妈说必须找本地的,我就找了一个本地的,而且在大学毕业的那年年底就结婚了。"李文静说。她老公的家里做建筑工程,家底不错,她完全过着衣食无忧的生活。

促使李文静要下决心做生意是因为一部手机。当时,她想买一部苹果手机,母亲说,你整天待在家里,要那么好的手机干嘛呀?母亲

这是一个创客的时代

不经意的一句话，对李文静的触动很大。她觉得有点委屈，也有点自卑。她在想，如果我自己有自己的事儿，能赚钱，我至少在财务上是自由的。尽管老公把卡给她，让她喜欢什么就买什么，但她觉得，她不能接受这种施舍，她不能毫无价值、毫无尊严地活着，她要实现自己的人生价值。

可是，干什么呢？干什么才能实现自己的人生价值？

那时，有孕在身的李文静经过苦苦的一番思考，决定就从身边的事情做起，从自己家里的生意做起。家里的家纺产品一直是靠传统营销，她想利用互联网销售家里的产品。

李文静从母亲那里借了2万元，想在淘宝上开个店，利用网络销售家里的产品。父母对此坚决反对，表面文静内心倔强的李文静反复给父母做工作，她说，现在已经是互联网时代了，要想把企业做好，必须要充分利用互联网的优势。父母无奈，只能任她折腾。从来没有做过生意、对互联网运作也不太熟悉的李文静有点急于求成，她急于想还借母亲的那2万元，于是，她在淘宝的首页打广告。李文静说，那时淘宝上的广告是根据点击量收费的，其中有一天，点击人数很多，广告费就达到了5000多元，而实际销售不到1000元。淘宝店没有像她想象的那样拉动销售，而且，在很短的时间内，借来的2万元就花完了。

2013年3月的有一天，就在李文静觉得走投无路的时候，她吃花生米和黄瓜却出现了食物中毒的现象。身怀六甲的李文静急中生智，在宝宝树论坛发了一个求救的帖子。宝宝树论坛聚集了大量的孕妈和宝妈。她发出求救的帖子之后，短短几个小时，1000多人回复，呈现的各种偏方和关怀让她震惊不已。她心想，论坛上有这么多人，我为什么不推广一下我家的家纺产品呢？

李文静在宝宝树论坛发了一则床上用品四件套的广告，没想到，一天之内，就成交了十五六单，论坛里看到广告的网友纷纷加她的QQ，她的QQ提示音此起彼伏，让整个家里充满了"滴滴滴"的叫声。李文静不断回复着网友们咨询的问题，不断推广着自家的产品，不断加QQ好友。

2013年5月，李文静的儿子出生之后，她母亲坚决反对她继续做网络销售。那时，李文静通过宝宝树论坛已经加了1200多个QQ好友，虽然借母亲的2万元还没有赚回来，可她看到了希望，她觉得，她一定能做成。

2013年7月，论坛不允许再发广告了。李文静把QQ好友转化成微信好友，她通过微信营销，销售越来越好，江西的一个客户问能不能代理她的产品？这一问，让她开窍了，为什么不做代理呢？于是，她和母亲商量，母亲以最低价格给她产品，她在利用微信销售的同时，调整价格和运营思路，广泛征集代理商。

有了几十家代理商，有了微信销售，李文静已经拥有了自己的销售团队。为了做好销售服务，她雇了两个客服，专门送货发货。

2013年年底，李文静除去还母亲的2万元以外，还赚了5万多元。看着有效益，母亲不再反对了，而且主动帮她带孩子，从各个方面开始支持她。他们对互联网销售也开始慢慢接受了。

"如果不是因为吃花生米和黄瓜中毒，我就不可能有今天这么好的创业成就。"李文静说，"一个人，只要你坚持去做一件事，天大

这是一个创客的时代

的事儿都不是事儿！我家里条件很好，但我不想伸手问家里人要钱。人活着，总得有尊严。"

让资源在销售中转化成果

"只要你走在创业的路上，你就不会停下来，除非你想当一个失败者。"李文静说，"2013年是我最艰难的一年，我从什么都不懂，到拥有自己的销售团队，其中的酸楚只有自己知道。"

2014年，不断探索销售市场的李文静觉得，她销售的精准目标人群就是宝妈。因为，床上用品家家户户都用得上，只要产品质量好，价格适中，服务到位，销售一定能够做好。

到了2014年上半年，李文静的微信好友已经达到3000多人，这些人，基本上都是她的目标客户。

为了能够做好服务和销售，同时还能节省成本，李文静亲自到库房和工厂搬货、运货、装车。满头满脸的汗水，吸附着灰尘，让她变得皮肤粗糙，开始出现过敏现象。家人劝她不要这么拼，她说："我老公都找了，孩子都有了，我怕什么呀？"

"我不怕自己变丑了，我怕的是老公不带我出去玩了。"李文静说，她发现自从面部皮肤严重过敏后，老公出去不愿意再带她了。过去，在她怀孕的时候，老公出去玩呀，打牌呀，都会带着她，可是，她皮肤过敏以后，再没带她出去过。李文静有点失望，觉得面子问题不是小问题。脸都烂了，赚钱干什么呀？

这一年，李文静赚了50多万，她在为自己的成绩欣慰的同时，也为皮肤过敏有些失落。就在这年年底，有人给她介绍了一款护肤品。那款护肤品是由巨子生物生产的，据说还不错。当时，网上开店需要36 800元。

李文静做了详细的了解之后，她觉得，护肤品和家纺的目标人群是一致的，她完全可以利用现有的客户资源来做护肤产品。于是，2015年1月8日，李文静注册了网店，在销售家纺的同时，开始销售护肤品。

"我做产品不是随便做的。我做微商的时候就知道，很多人为了赚钱，销售的都是三无产品，我不能把我牌子做砸了。我的客户是很信任我的。"李文静正是因为拥有一批信任她的客户，才使她的销售额与日俱增，使她的资源转化为成果。

2015年1月23日，李文静到杭州参加了护肤品的培训，她觉得自己一下脑洞大开。过去，李文静是一个不善言辞的人，通过那次培训，她觉得做销售是一件很快乐、很有成就感的事。于是，1月26日，她建了一个微信群，讲了一次公开课，把产品的价格，产品的性能做了详细的分享。基于大家对她充分的信任和她坦诚的态度，很快，她的护肤品销量开始飙升。

做创客后仅23天，李文静就赚了4万多元。

"这一年是我最辛苦的一年。"李文静说，做电商需要囤货，她每次都会进十几万元的货，家里到处放的都是货，而且有客户购买，就要发货，每天从早到晚，忙得脚不着地。她既要做好家纺，又要做好护肤品，根本顾不上家和孩子。她经常精疲力尽地回到家里，看着满屋子的

这是一个创客的时代

货,又愁得睡不着觉。她不停地发圈,不停地奔波。

正是因为这种不辞劳苦的精神,2015年1—8月份,她的护肤品销售得很好。公司奖励她去悉尼旅游,让她疲惫的身心有了短暂的休整。

从悉尼回来之后,李文静不再囤货了,她从别人那里调货,从中赚取差价。这样一来,就减轻了进货发货的劳累。

2015年,对于李文静来说,是最拼的一年,也是最有成就的一年。这一年,李文静除了护肤品的销售收入外,仅家纺,就赚了100多万。

"我的销售虽然做得很好,但我觉得,很对不起家人,因为,我根本顾不上家。我儿子是我妈妈帮我带的,见了我都不叫我妈妈,孩子什么时候开始走路的,我都不知道。我觉得我欠孩子的太多了。"李文静在说这些话的时候,声音有点颤抖,眼里充满了泪光。

尽管李文静觉得亏欠家人,但她并没有在创业的路上有过丝毫的松懈和动摇。

做创客真的很简单

在创业道路上绽放异彩的李文静,通过使用由巨子生物生产的类人胶原蛋白护肤产品,恢复了她曾经光鲜的面部皮肤,坚持走在创业道路上的李文静,感到美好的人生风景无处不在。

2016年3月23日早上9点左右,邢婉给李文静说,巨子生物创建了一个叫作创客云商的平台,主要销售由巨子生物生产的类人胶原蛋白产品，不用囤货，不用自己发货，客户购买产品，全部由厂家发货，而且产品价格比原来做的护肤品要低很多。

邢婉也是一个创客，曾经做过酒店陶瓷，因为销售不好，辞职做了护肤品。她和李文静是在培训的时候认识的。当她听说创客云商超前的运营模式后，第一时间告诉了李文静。

李文静听到这个消息之后，兴奋得几乎要跳起来。她做电商，尽管销售业绩很好，但是，囤货发货让她疲惫不堪。她曾经打听过，有没有只做分享推广销售不用囤货发货的平台，现在真的有了。凭她做微商和电商的经验，她觉得，创客云商这个平台一定会受到更多人的热捧，肯定能迅速发展起来。

从邢婉告诉李文静创客云商到做创客，仅用了15分钟。

成为创客云商的创客之后，李文静用了一天时间详细了解了创客云商的运营模式和类人胶原蛋白的功效和品牌。她在思考着如何利用自己现有的客户资源，迅速地把创客云商这个平台和可丽金产品推出去。

经过一天一夜的思考，李文静在自己的微信圈里发了一个很长的微信，很坦诚地讲到了自己为什么选择做可丽金。并详细介绍了创客云商的优势和发展潜力、类人胶原蛋白独一无二的全球品牌以及可丽金的实用性、可靠性，同时，她附上自己面部皮肤过敏后使用类人胶原蛋白之前和使用后的图片。她没想到的是，她发出的这个微信一下子引爆了朋友圈，有微信询问的，有电话询问的，忙乱得让她晕头转向。

第二天，李文静建了一个100人的群，讲了一次关于创客云商和

这是一个创客的时代

可丽金的公开课,她把如何成为创客和购买产品不同的折扣清清楚楚地讲给微友,她用坦诚开放的心态,赢得了大家对她的高度信任。

成为创客仅一个礼拜,她的销售额就达到了9万。

从3月23日做创客,到4月底,销售额达到25万,进店购物者更是络绎不绝。

"我是类人胶原蛋白的受益者,我做可丽金以后,觉得很轻松,很开心,不像做电商,要囤货发货那么累。我觉得很轻松。"李文静谈到类人胶原蛋白和可丽金时,无法掩饰内心的喜悦。

当我问她做可丽金一年来能赚多少钱时,李文静笑着说:"赚了不少,关键是轻松啊,就用手机发发微信圈,介绍产品,这种低风险的平台,人人都可以创业。"

通过互联网创业的李文静,在五年时间内,已经成为网络销售达人。她每年家纺的销售能够赚上百万,在创客云商第一年也赚了不少。截至2017年7月6日我采访她时,她的销售额达到了76万,她已经轻轻松松地成为公司的正式员工。

当我问她创业为什么会做得这么成功时,她说:"不是因为你牛了才去做一件事,而是在做的过程中让自己变得牛了。好风景永远都在创业的路上。我能成功,有三个原因:第一,我抓住了互联网创业的最佳商机,这个很关键,很多人还没有醒悟的时候,我已经动手在做了,所以,机遇很重要;第二,我始终坚持坦诚做人,用诚信赢得客户。如果客户不信任你,你手上有再好的产品,也卖不出去,但是,绝对不能无视客户的信任,不能销售不合格的产品;第三,要相信自己,要能坚持,我自己的座右铭是'天大的事儿都不是事儿',

现在想想，如果我在最艰难的时候放弃了自己创业的追求，怎么会有今天这么美好的生活？第四，要会挖掘资源、整合资源、转换资源。我不管是做家纺，还是做可丽金，我都把资源进行了有效的整合和转化。我现在既做家纺，又做可丽金，两不误，都赚钱。我的很多客户，既买我的家纺产品，又购买可丽金。我不认为创业有多难，关键是自己能不能专注地去做。"

李文静是成功的创业者，正如她自己说的，好风景永远都在创业的路上。

白彩霞

不要用营销的心去做营销

要专业,要热爱,要分享,白彩霞说。在美与健康领域,不仅适合女人,也适合男人。爱美是人类亘古不变的追求,谁不希望自己是健康的美丽的?越是裸妆越是美,多么诱人的词啊!更诱人的是创客云商这个平台。任何事情开始的时候都很难,只要你选对了路子,坚持下来,你一定会成功的;现在是一个分享经济时代,只有分享,才能不断扩大影响;在分享的时候,你首先得考虑别人做这件事情能得到什么,你能给他什么帮助,你要让他感受到分享的快乐和收益。

说到可丽金，除了范代娣、严建亚、马晓轩，还有一个人，不能不说。那就是白彩霞。范代娣被称为类人胶原蛋白之母，组织研发可丽金类人胶原蛋白护肤产品，曾获得过国家技术发明奖和中国专利金奖；严建亚是巨子生物董事长，巨子生物是全球少有的量产类人胶原蛋白的生产厂商，是西安著名的创新型高科技企业；马晓轩是巨子生物首席科学家，创客云商的创始人。之所以把白彩霞与他们三个人相提并论，是因为，在创客云商平台上的所有创客中，白彩霞最早使用可丽金，也是使用时间最长、资格最老的创客之一。因为对可丽金的熟知和推广，她已经成了不拿薪水却甘愿服务的创客商学院的院长。在采访她的过程中，她说了一句让我印象深刻的话："对于化妆，如何'裸'着才美，这才是女人应该期待和追求的。"

被可丽金挽回的颜面

白彩霞与可丽金结缘是因为她曾几乎被"毁容"。

白彩霞大学毕业后，被分配到一个机关工作。1986年，22岁的她像很多爱美的女人一样，开始使用化妆品。那时，她选择了国内报纸

这是一个创客的时代

电视不断宣传的一款知名化妆品,可她用了不到一个月,脸上就开始起皮,出现了类似皮疹的现象。本来是为了让自己的容颜更美,结果因为用了那款化妆品,却不能见人了。更严重的是,从此她用什么化妆品都会出现皮肤过敏,尤其是春秋两季,连最基础的护肤用品都不能用,遇风吹日晒,皮肤就会干痒刺痛,求医问药,也无济于事,爱美的她从此对所有的化妆品都望而生畏。连结婚时,都不能化妆,只是涂了口红。

整整十二年,白彩霞没有用过任何化妆品。不是她不想用,而是用什么化妆品都过敏。直到2008年秋天,在一所学校负责招生和就业工作的白彩霞,在一个偶然的机会,结识了巨子生物董事长严建亚。严建亚见她皮肤干燥,便送给她一盒由巨子生物生产的面膜。不善言辞的严建亚只对白彩霞说了一句话:"你放心用,我们的产品绝对安全。"

用了严建亚赠送的面膜之后,白彩霞感到皮肤越来越好。用完之后,她又找到严建亚,说巨子生物生产的面膜很好,不但护肤健肤,而且皮肤不再过敏了。严建亚又给她拿了一些产品。在使用过程中,她的亲朋好友都在问她用的什么护肤品,为什么肤色那么好?几乎被"毁容"的白彩霞心底又燃起了爱美的火焰。所有的苦恼随着可丽金的使用烟消云散,可丽金面膜让她挽回了颜面。身边的人也对她大加赞赏,纷纷打听可丽金面膜在哪里能买到?那时,可丽金系列产品只能在医院买到,而且价格又很贵。

用了四五年可丽金的白彩霞觉得皮肤更健康了,抗衰更明显,她也不断给别人推荐,但她却不知可丽金的名气。在此期间,白彩霞先后考取了国家级美容师和国家级营养师，对健康与美有了更高的追求。

有一次，她听到马晓轩博士给别人讲解类人胶原蛋白时，才知道可丽金类人胶原蛋白是全球独一无二的产品，巨子生物是全球少有的量产类人胶原蛋白的生产厂商。

2013年11月底，当白彩霞知道类人胶原蛋白产品搭载在一个平台上销售时，毫不犹豫地在那个平台上注册开了网店，她想利用这个平台把这个好产品推荐给更多人使用。开了网店，就得进货、囤货，她每次就要进十几万元的货，家里像商店一样，到处都是货物、纸箱、包装袋。她每天下班就急急忙忙赶回家，给客户打包发货。她至今还清晰地记得，她的第一个客户是在洗浴中心认识的。那天她去洗澡，听见四个女人在抱怨过敏性皮肤的烦恼，她本想给她们一些建议，推荐类人胶原蛋白产品，可又怕遭人反感。就在这时，她看见地上掉了一把钥匙，她捡起钥匙，按照钥匙牌寻找对应的柜子时发现，柜子就是刚才那个皮肤过敏的女士的。她一直等着那个女士出来，亲手把钥匙交给那位女士，那位女士很感动，然后就聊了起来。白彩霞凭着自己国家级美容师的专业知识，为那位女士讲解了皮肤过敏的治疗和皮肤修复的方法，并约好第二周给她带些面膜试试。那位女士买了一盒类人胶原蛋白面膜半信半疑地使用了一周之后，主动找她又买了很多面膜和护肤产品。白彩霞的网店仅开了三个月，生意就超出想象地火了起来，客户相互介绍，口口相传。有一个客户，一次就从她那里买了5000多元的产品。

做电商的那两年，白彩霞每年都有上百万的销售额，获得几十万的收益。她是最早使用类人胶原蛋产品的人之一,在类人胶原蛋白还没有走向市场的时候,她就在使用,当可丽金类人胶原蛋白走向大众的时候,她又是首批成为创客云商的创客。

会分享能创业

2015年9月9日,创客云商上线了。

创客云商是产业互联网平台,实现了消费者与生产厂商无缝对接,不仅使消费者能购买价格便宜的产品,而且可以利用这个平台进行分享,实现创业的愿望和梦想。

白彩霞是创客云商的第一批创客。已经做过几年电商的白彩霞相信,创客云商平台一定会有广阔的发展空间,因为创客云商拥有任何平台都无法拥有的优势:它销售的产品是全球独一无二的类人胶原蛋白产品。类人胶原蛋白是二十几个博士十几年研究的成果,是获得过国家技术发明奖的,这样的品牌,是其他任何电商和互联网销售都没有的。

做创客云商的创客其实很简单,不像其他电商要购货、囤货、发货,而创客云商的创客,只需要动动手指,把产品分享给大家就行。白彩霞说:"很多人对这种分享经济还不是太了解,不相信分享就能创业。我做创客的时候,只有26个微信好友。"

只有26个微信好友,怎么能够通过分享创业呢?

为了能够尽快扩大微信朋友圈,白彩霞带着类人胶原蛋白健肤喷雾参加所有的朋友活动，每次参加活动，她都要给参加聚会或活动的朋友带礼物，让他们了解体验类人胶原蛋白产品，但她从来不主动给他们推荐，让他们购买。白彩霞说："现在的各种产品推销太多了，你只要推荐产品，别人就会反感。我只是让他们使用，他们用了，觉得好，就会主动找我询问。因为，我相信，类人胶原蛋白，只要你用了，就会永远爱上。"

熟人的圈子总是有限的，为了能够多加一些陌生人的微信，白彩霞从网上搜索类似于时尚、美与健康的微信群、QQ群，申请加入。白彩霞笑着说："在一个群里，想要有话语权，想让群友相信你，没有影响力根本不行。"为了赢得群友们的信任，白彩霞积极主动地参与群主提议的各种话题或活动，主动热情地与群友互动，随时准备着为群友解决关于护肤的问题。一旦有群友提出护肤美容方面的问题，她马上就会利用自己的专业知识，全面详细地分析。有群友问她是做什么的，她会谦虚地说自己是国家级的美容师和营养师。她的身份立即赢得了群友的信任，她给群友寄的类人胶原蛋白面膜和健肤喷雾，很快在群里得到了良好反馈。别人说好，那才是好。群友对产品的盛赞，在群里持续发酵，她在群里的威信也越来越高，主动加她微信的人越来越多，第一个月下来，她的销售额就达到了9万多元。

白彩霞用了三个月时间，把她的微信好友从26个人增长到500多人。那段时间，她每天给自己都定有目标，因为微信好友每天最多只能加20个，她就利用QQ群不断联系。当她的微信好友超过500人后，她再没有主动加过任何一个微友，全是别人主动加她。也就是从那个时候开始，她的销售额和服务用户群体呈裂变式增长。

这是一个创客的时代

不要用营销的心去做营销

在采访白彩霞的过程中,白彩霞几次说到"不要用营销的心去做营销"。对此,我有点不太理解,做营销,不要用营销的心去做,怎么能做好呢?

"要专业,要热爱,要分享。"白彩霞说,"在美肤与健康领域,不仅适合女人,也适合男人。爱美是人类亘古不变的追求,谁不希望自己是健康的美丽的?可是,据统计,中国目前有72%的人属于亚健康皮肤,健康领域的未来和护肤产品的危机问题越来越受到关注,安全理念不到位,有些护肤产品不安全,使大部分人的皮肤得不到健康的保护。我在普及健康护肤理念的同时,自然而然地分享类人胶原蛋白产品和创客云商平台。"

2017年5月,我在采访白彩霞时了解到,在一年半的时间里,原来只有26个微信好友的白彩霞,微信好友人数已达到了5000人的上限,通过她的分享,她的销售额达到了100多万元,已经帮助5000多名用户提升其专业知识。这5000多人,相当于一个大企业的人数,这些创客,还在宣传产品、服务他人,新创业的人数也在不断裂变叠加。

"我现在主要是服务用户,用户服务做好了,销售就会做得更好。"白彩霞说。她把创客按照了解知识的程度分了很多级别,随时为创客解决他们在营销中遇到的各种问题。除此之外,她还是创客商学院的院长,她说:"我当院长不拿工资,只做服务,几乎每个礼拜都要到外省讲课。"

白彩霞是一个成功的创客和创业领袖。

当我问她成功的秘诀是什么时，她微笑着对我说："坚持，分享，利他。"她说："任何事情开始的时候都很难，只要你选对了路子，坚持下来，你一定会成功的；现在是一个分享经济时代，只有分享，才能不断扩大影响；利他指的是，你首先得考虑别人做这件事情能得到什么，你能给他什么帮助，你要让他感受到分享的快乐和收益。"

在谈到可丽金时，她说："安全、有效、健康。我们每个人都会用护肤产品，而可丽金类人胶原蛋白的系列产品，不但能达到护肤的作用，还有修复皮肤的作用。我们经常能看到很多女人，又是打底，又是涂粉，为了什么，不就是为了展现自己的魅力吗？有的人浓妆，遇到夏天出汗，哎呦，脸上被汗水冲得一道一道的，那样美吗？有谁想过，不用涂脂抹粉，还能保持自然光鲜的皮肤？可丽金就可以实现这种美的追求。让你实实在在感觉到越是裸妆越是美。"

越是裸妆越是美，多么诱人的词啊！更诱人的还是创客云商这个平台。

通过对白彩霞的采访，我觉得，只要你在创客云商的平台上，你的人生就会更精彩，你所有的愿望都会逐步实现。

郑晓燕

创客云商——最能体现"双创"的平台

关于推广创客云商和可丽金类人胶原蛋白，我（郑晓燕）基本是从试用开始的，让被推广者先感受使用效果，再了解可丽金类人胶原蛋白产品的核心价值和创客云商的运营模式。只有让消费者用着放心、舒心，创业低风险、无压力，且还有学知识、长才能、创收益的机会，销售工作就能水到渠成了。

在创客云商这个能充分体现大众创业万众创新的平台上，云集了各个领域，各个行业，不同年龄、不同学历的创客，他们有专职创业的，有兼职的，有企业家、教师、记者、退伍军人、退休职工、宝妈等。而郑晓燕，是我采访的所有创客里唯一的女博士。一个女博士，为什么会选择业余时间去创业？为了能充分准确地展现一个女博士业余时间的创业状态，我列了一个采访提纲发给了她……

创客云商
一个绿色自由的创业平台

周书养：你是创客云商平台上最早成为创客的博士，作为博士，你主要从事哪方面的研究？

郑晓燕：我是西北大学应用化学专业的博士，主要从事生物医用材料的研究工作。也正是科研工作的需要，我很早就结识了范代娣教授，她研发了可作为优异的生物医用原料的类人胶原蛋白。

因此，在创客云商平台刚成立时，本着对类人胶原蛋白的了解和信任，我选择了创客村，成为一名博士创客。

这是一个创客的时代

回头看看来路，除了感恩便是自豪。感恩创客云商不仅使自己能够享受最优惠、最优质的产品，同时给了我一个展现自我价值的平台，利用闲暇时间获得一份轻创业、低风险、自主无忧创业的机会；同时，创客云商平台使我发现我除过读书、做实验外，还有着可以自由创业的无限潜能。

周书养：你是怎么知道创客云商的？你认为创客云商是一个什么样的平台？

郑晓燕：我对创客云商的认知应该说比较早，在其诞生之初就对她有较深刻的认识，所以在其一上市我就义无反顾地成了一名创客。

创客云商是西安巨子生物基因技术股份有限公司旗下的产品互联网平台，目前主要是针对西安巨子公司自主研发的系列产品进行销售，平台上都是具有高科技含量的、绿色的、健康的产品。以后会有各个领域领先的、优质的产品入驻平台。公司会严把质量关，使产品品质更有保障，种类更丰富。

就我个人的体会而言，创客云商就是通过自己对产品的使用，然后将自己使用产品的心得体会和改善分享给朋友，朋友通过我的分享了解创客云商及平台上的产品。朋友通过使用产品解决了问题，而我通过分享帮朋友解决问题的同时获得了收益，这个过程就是简单的"分享经济"。

我认为创客云商是一个真正响应国家"大众创业，万众创新"号召的"双创"平台，并设身处地为广大创业者着想，针对个体创业的瓶颈问题，即产品的质量、产品的来源、营销模式培训、产品发货及售后等核心问题，逐一解决，让创业者完全处于没有压力只有动力的良性激励环境中的全新网络销售平台。创客可以通过网络虚拟店铺在线监控自己的营销，不仅可以放心产品质量和保质期，而且从供货到营销至消费者手里这一链条运转也不用费心，公司有专门货运通道和客服中心。此外，所有创客均没有营销任务，完全是多劳多得。创客间亦不会因其他创客的存在而利润微薄，大家和公司均是一个平等的地位。

简言之，创客云商是一个为广大创客提供了产品质量有保证、收发货物无虑、个体平等、低风险、零压力，只要付出就能有回报的绿色自由创业平台。

八大系列产品
深受消费者认可

周书养：你是什么时候做的创客？当你决定创业的时候，你的目标是什么？

郑晓燕：我是在2015年9月底创客云商诞生之初就开始做创客了，当时是基于对该平台产品品质的信任以及对平台运营模式的认可。我的目标首先是自用，然后在力所能及的范围内，做产品的推广宣传，尝试一下在创客云商这种新的营销理念和模式下，有没有可能做出一点成绩来。

周书养：你的第一个订单是什么时候成交的？

郑晓燕：创客云商平台为了帮助大家顺利创业，在线上线下培训

这是一个创客的时代

大家技能的同时，不定期进行产品营销推广活动，有力地帮助大家拓展了市场。我第一单以至于后来的顺利推广工作，都得益于2015年"双十一"公司组织的首场营销活动，这次活动让很多人认识了我们的产品，感受了它的性价比和效果。

周书养：电商和微商在发展过程中，出现了很多假冒伪劣或"三无"产品，很多人对微商或者电商有一种排斥的心理。你是如何赢得客户信任的？在你推广可丽金的过程中，有没有人对你有误解？对此，你是如何应对和处理的？

郑晓燕：信誉永远是第一位的。而信誉取决于产品质量和服务质量。

目前确实有很多假冒伪劣或"三无"产品充斥市场，尤其是充斥网络销售平台，如电商和微商，致使大众对微商或者电商有一种排斥的心理。

就我个人而言，在推广可丽金的过程中，确实有人对我有误解。每当这时，我的做法是：首先，让消费者了解西安巨子生物基因技术股份有限公司，认识、体验和感受可丽金的产品；其次，让消费者免费试用产品，真切体会产品效果。通过消费者切身了解和感受，我成功地使许多消费者对如何正确有效利用网络选购货物、如何认知产品有了一个正确的方法，并使许多消费者从开始消极抵制到乐于使用，再到后来甚至认可我们，开启低风险、轻创业之路。

周书养：你认为可丽金类人胶原蛋白和其他护肤产品有什么不同？可丽金的功效主要体现在哪些方面？

郑晓燕：我个人认为，可丽金最大的、也是最核心的不同在于产品的定位不同。可丽金类人胶原蛋白系列产品定位于中国制造、民族品牌。产品基于具有独立自主知识产权的类人胶原蛋白的核心成分，充分发挥其优异的生物学功效，并严格确保衍生护肤产品的质量，不含激素、重金属、色素、香精等各种添加剂和防腐剂。可丽金最注重产品的安全、品质和性价比，尽可能让更多的人都能用得起、用得好，让更多的人受益。

可丽金的产品目前有安护、健肤、舒敏、赋能和洗护五个系列（其中安护系列只在全国各大医院有销售），针对不同人群、不同肤质、不同的皮肤状态及问题进行护理修复，比如痘痘肌肤（痤疮）、各种疤痕和痘印的祛除、皮肤暗黄、暗沉色斑、毛孔粗大、皮肤松弛、皱纹等效果都很显著。尤其是针对一些功效性护肤产品使用的后遗症，如激素依赖性皮炎、红血丝等进行有效的修复，效果显著，因而受到了广大消费者的认可。

低风险创业
让更多人实现创业梦想

周书养：从一个没有任何创业经历的博士到创客云商优秀的创客，你最大的感受是什么？

郑晓燕：从一个没有任何创业经历的博士，到创客云商优秀的创客，我个人最大的感受是原来我也是可以创业的！在工作之余，通过自己的努力和创客云商平台的友好界面，我实现了个人价值质的飞跃，使

这是一个创客的时代

自己真正明白了自力更生、自给自足的创业其实并不难，难在如何能找到一个适合自己的无成本、低风险的好的创业产品与创业模式。

周书养：到目前为止，你的销售额达到了多少？

郑晓燕：迄今为止，我的销售额有四十万左右。关于推广创客云商和可丽金类人胶原蛋白，我基本是从试用开始的，让消费者先感受使用效果，再了解可丽金类人胶原蛋白产品的核心价值和创客云商的运营模式。只有让消费者用着放心、舒心，创业低风险、无压力，且还有学知识、长才能、创收益的机会，销售工作就能水到渠成了。

周书养：作为一个优秀的创客，你每月的收入怎么样？成功的经验或秘诀又是什么？

郑晓燕：我是利用工作之余进行创客业务的，开始收益微小，几千元不等，后来熟悉业务了，销售量就上去了，收入自然也上升了。论成功的话为时过早，不过个人认为作为一名创客，首先是自己要不断地学习充电，不但要学习产品的性能，产品间的搭配和使用效果，还要学习市场营销方法，认清市场发展方向，并能设身处地换位思考，从消费者角度考虑问题和帮助其处理问题，信誉就自然好了。产品质量过硬，服务信誉至上，那么离成功就不会远了。相信会越来越好的！

周书养：你有没有更大的创业计划？你如何看待创客云商的发展？

郑晓燕：对于创业，我个人观点是不盲目追崇也不消极看待，要量力而行，在做好个人本职工作的基础上，利用业余时间将自己的能力充分发挥出来，争取能服务更多用户，让尽可能多的人享受到这样好的产品，也让更多的有创业愿望的人实现自己的创业梦想。

我坚信，目前我们创客云商的运营模式是一种非常人性化的营销模式，是真正从创业大众的角度出发的，在不远的将来必将被更多的创业者知晓和推广，我看好创客云商的广阔发展前景。

邓爱平

让可丽金遍布河西走廊

　　我觉得创客云商这个平台是一个公平公开透明的创业平台，平台上销售的可丽金类人胶原蛋白产品，核心技术独特、国际领先，是一个值得拥有的平台和产品。我是把这份工作当作自己的事业去做的。我知道，我不是最好的创客，但我可以肯定地说，我是最能吃苦的创客。

治好脸上的痘痘
爱上了类人胶原蛋白

邓爱平能成为创客云商的创客,是因为她脸上的痘痘被可丽金治好了。

今年四十出头的邓爱平,从2004年起,开始做特百惠兰州区域的代理。兰州与西安相比,气候干燥,风沙较大。在西安出生,在西安生长的邓爱平,通过在兰州八年的打拼,也逐渐步入了"红二团"的行列。在兰州,说到"红二团",指的是因为风吹日晒,脸颊两边皮肤呈现两团红色或皮肤过敏的现象。

邓爱平之所以要做兰州的总代理,是因为她知道特百惠在西安有很好的市场。当她知道兰州还没有特百惠时,她争取到了兰州的总代理。在兰州的八年打拼,对邓爱平来说,是一种精神上的蜕变。那八年,她把特百惠发展到30多家加盟店,年销售最好的时候也有200多万。那八年,她付出了很多,也让她坚强了好多,使她从此之后面对任何困难都无所畏惧。

但是,市场永远都在推陈出新,随着国内家居市场和品牌的快速崛起,特百惠也慢慢失去了在市场上的竞争力。

创业+购物+社交

2012年,在兰州做了八年特百惠总代理的邓爱平,面对冷淡的市场和销售,她不得不放弃特百惠在兰州的总代理。尽管她曾经创造了这个品牌在兰州市场的辉煌,但是,当她离开兰州,回到西安时,她还是有几分落寞,几分惆怅。

回到西安的邓爱平,一直在琢磨着找点事儿干,但她一直没有找到适合自己的事情。她的生活充满了迷茫的情绪,她的迷茫,像她脸上的痘痘一样,越来越严重。

爱美是女人的天性,如果一个女人脸上长满了痘痘,那是一件很闹心的事情。脸上长了痘痘的邓爱平,去了多家医院,看了好多医生,吃西药不管用,再改中药调理,中药西药没效果,再用化妆品……她用尽了所有传说中的治疗办法,吃了很多药,也没有什么效果。

2015年春夏之交,邓爱平在一个棋牌室和那些退休的大妈打麻将时,坐在她对面的麻友牛莉萍看着她的脸说:"你的脸怎么成这样了?"邓爱平摇了摇头,苦笑着说:"看了很多医生,吃了很多药,都不管用。"

第二天,牛莉萍给邓爱平拿了一些由西安巨子生物生产的类人胶原蛋白面膜及护肤产品,并教她如何搭配使用。邓爱平说,各种化妆品她都尝试过了,有些还越用越严重,根本不管用。牛莉萍告诉她,类人胶原蛋白的护肤品,无毒无铅,具有护肤健肤的作用。

邓爱平抱着一种尝试的心理,按照牛莉萍教给她的方法,使用了一个礼拜,就有了明显的效果,她高兴得像个孩子一样给牛莉萍说,类人胶原蛋白有作用。

这是一个创客的时代

困扰邓爱平几年的痘痘，通过使用类人胶原蛋白护肤健肤产品之后，完全治愈了。她觉得很神奇，西安有这么好的产品，她怎么不知道呢？

治好脸上痘痘的邓爱平，对类人胶原蛋白有了一种特殊的感情。

成为创客
再次拓展兰州市场

2015年12月，邓爱平听一个朋友说，西安巨子生物在2015年9月9日创建了一个创客云商的平台，主要用于销售类人胶原蛋白产品。只要成为创客，就可以销售和享用价格优惠的产品。喜欢上类人胶原蛋白产品的邓爱平听到这个消息之后，她立即把这个消息告诉了牛莉萍大姐。牛莉萍和邓爱平都是类人胶原蛋白的使用者、受益者，他们对类人胶原蛋白产品是充分信任的。

12月22日，邓爱平和牛莉萍相约去了西安巨子生物，她们要详细了解创客云商的运营模式。在巨子生物，经过马晓轩和白彩霞的介绍，她们了解到创客云商是通过分享进行创业的平台，只要成为创客，通过微信分享推广创客云商平台和产品，消费者登录创客云商，就可以了解可丽金类人胶原蛋白的所有产品，可以根据自己的需求下单，公司根据消费者的信息资料，直接发货。

曾经做过电商平台的牛莉萍觉得创客云商这种运营模式是最人性化的。她曾经参与经营的一个电商平台，要求店主每月必须要有业绩，店主购买的货物越多，价格越便宜，可是，囤积了大量的货物，要推销，要发货，卖不出去，就没有利润，搞得自己压力重重。而创客云商不一样，没有业绩考核，无需占用资金，不用自己囤货发货，平台产品价格透明。更重要的是，类人胶原蛋白是获得过国家技术发明奖的产品，是独一无二的品牌。

初步了解了创客云商平台和可丽金类人胶原蛋白产品的邓爱平和牛莉萍，现场成为了创客云商的创客。

"我从兰州回来之后，有几年时间一直在找机会，也曾想过做电商，但是电商鱼龙混杂，让我有点望而生畏。"邓爱平说，"当我知道创客云商之后，我觉得，我几年来一直等的就是这样的运营模式，轻松、自由、不受任何限制。"

成为创客云商的创客之后，邓爱平的脑海里突然闪现了兰州的"红二团"。在兰州的大街上，这种"红二团"随处可见。可丽金类人胶原蛋白具有护肤健肤作用，对过敏性皮炎、激素性皮炎都有显著的效果。她面部的皮炎，就是用类人胶原蛋白治好的。她觉得，可丽金类人胶原蛋白在兰州会有巨大的市场需求。

邓爱平之所以想到兰州拓展市场，是因为她曾在兰州做过八年的特百惠运营，对那个城市熟悉，她的人脉资源大部分也在兰州。

2016年5月17日，邓爱平经过充分准备，在兰州举办了第一场创客云商轻创交流会。她通过各方面的朋友，租了场地，做了精心布置，邀请了100多人，对创客云商和可丽金类人胶原蛋白产品进行了全面深入的讲解，她希望更多的人能了解创客云商，能使用可丽金。可是，这场耗费了她大量心血的轻创交流会，在现场，连一份礼包都没

这是一个创客的时代

有销售出去。邓爱平有点失望,但她一点都不悲观,她觉得这么好的产品,这么好的平台,被接受、被使用,只是时间问题,她只希望这种认知的时间越短越好。

六次拜访
赢得美业老板支持

第一次轻创交流会后并没有取得预想的效果,邓爱平寻找那些曾经与她一起做过特百惠的朋友,与他们共同探讨,如何在兰州打开可丽金类人胶原蛋白产品的市场。那些朋友在详细了解了创客云商和可丽金之后,都认为,可丽金在兰州一定会有市场,经她推广,销售额总算有了6万多元。这让邓爱平感到很欣慰。

2016年9月,邓爱平组织了第二次轻创交流会。"我做轻创交流会,公司给了很大的支持,我找严总(严建亚)特批了一些产品,用于赠送参加会议的人,让他们体验可丽金类人胶原蛋白产品的效果和作用。"这次轻创交流会,到会100多人,现场销售额也有4万多元。

尽管销售额不多,但总比第一次要强。

此后不久,有朋友给她建议,可以开拓一下美容院线,说美容院线是一个消费潜力很大的市场。

每个城市都有很多美容院,而美容院的生意向来都是火爆的。可是,要想把产品打进美容院,可不是一件容易的事。美容院每天都会遇到几波推销美容产品的推销员,面对应接不暇的美容产品,美容院大都疲于应付。但是，如果美容产品一旦被美容院采纳使用，市场销售自然会节节攀升。

怎么才能打入美容院？邓爱平通过调查了解后得知，在兰州，有一家美容院做得非常好，并且有很多连锁店。那些连锁店使用的美容产品，都是那家老板指定的产品。

邓爱平经过充分的准备，慕名前往那家美容总店拜访老板。那位和她年龄相差无几的女老板听了她的介绍之后，说她们用的产品都是经过几年验证认可的产品，不会轻易地换产品。邓爱平给那位女老板留了一些可丽金健肤喷雾和面膜，让她先试试看。

过了一段时间，邓爱平再去拜访那位美容店的老板，她问老板是否用了她赠送的产品。那位老板说，用了，还可以。邓爱平有点喜出望外，她觉得长期搞美容业的老板能这样回答她，已经很不错了。她听有的创客说，他们去一些美容店推广产品，老板连5分钟的时间都不给。而她面前的这位在兰州美业界有深厚影响的老板，至少能和她面对面地交流。邓爱平觉得，只要有机会面对面地沟通和交流，就没有解决不了的问题。

第三次去拜访那个老板的时候，邓爱平建议她做创客云商的创客，那样，她就可以使用价格最优惠的产品。那位老板说，她考虑一下。

第四次去的时候，那位老板说，购买产品，她手头资金不方便。其实，对于从事多年美业的一个老板，购买产品只是手包的钱。邓爱平知道，老板不想买，并不是缺钱。于是，邓爱平说，我给你垫付，你先用，如果你觉得不好，你可以把产品还给我。

这是一个创客的时代

"我拜访那个老板,前前后后去了六次,我相信,我一定能够把这个老板拿下。"邓爱平说,"我之所以费这么大的劲儿在做这件事,是因为我相信可丽金类人胶原蛋白产品的安全性和独一无二的品质。"

2017年1月8日,创客云商产业互联网大会在西安召开。在这次年会上,互联网专家高瞻远瞩的分析与评价、经济学家前瞻性的研判与预测、优秀创客成功创业的分享、创客云商发展的愿景与规划,都将精彩亮相。很多创客从全国各地云集古城西安,把这次大会当作创新创业的精神盛宴。邓爱平邀请了那位老板和她美容院的几个工作人员,参加2016年度的年会。

那位老板在年会上听了关于创客云商的运营模式及其在创新创业中所发挥的社会作用、可丽金类人胶原蛋白获得的各种荣誉之后,笑着对邓爱平说:"我听懂了。"

邓爱平激动地差点掉下眼泪。她知道那位老板"我听懂了"是什么意思。她也知道,她终于赢得了这位老板的信任与支持。

在那次会议上,与那位老板一起来的几个工作人员,在会场就成为了创客云商的创客。

邓爱平知道,赢得了那位在兰州美业界有影响力的老板的认可与支持,她将会竭尽全力打开可丽金类人胶原蛋白产品在兰州乃至周边城市的市场空间。

创业+购物+社交

走遍河西走廊
让可丽金进入美容院线

为了能够全面打开美容院线的市场，在那位美容店老板的支持和推荐下，邓爱平挨家挨户地去拜访那些美容店的连锁加盟店。

"说实话，我非常感谢那位美容店的老板，她在兰州美容院线具有引领作用，她对可丽金的认可与支持，对我拓展美容院的业务有极大的帮助，"邓爱平说，"没有她，我很难打开美容市场。"

轻创会一场比一场好，创客也越来越多，这让邓爱平的艰辛付出有了回报。

为了打开兰州周边的市场，8月10日，邓爱平邀请了当地3个美导，带着产品，走出兰州，走向河西走廊。

在酷热的河西走廊，他们走过了武威、张掖、酒泉、嘉峪关、玉门、瓜州等地市。每到一个地方，他们都会找当地最大的、最权威的美容店，让他们现场给顾客使用体验可丽金类人胶原蛋白产品，认真详细地为他们介绍创客云商和可丽金。十几天的行程，风吹日晒，让邓爱平疲惫不堪，这是她人生历程中最为辛苦的一个阶段，但她却感到充实、满足。她相信，这一程，将会给她带来更大的收获。

9月下旬，甘肃省白银市体验店开业，西安和兰州的很多创客前往祝贺。很多创客都佩服邓爱平的这种创业精神。

当我问她为什么要这么辛苦时，她说："我觉得创客云商这个平台是一个公平公开透明的创业平台，这个平台上销售的可丽金类人胶原蛋白产品是高品质、国际领先的产品，这是一个值得拥有的平台

这是一个创客的时代

和产品。我是把这当作自己的事业去做的。我知道,我不是最好的创客,但我可以肯定地说,我是最能吃苦的创客。"

当我问她下一步的目标是什么时,她说:"西部地区的市场空间很大,目前,兰州及周边的市场我已经慢慢打开了,也帮助了几百名用户提升其专业知识。我现在除了拓展市场,还要帮创客们解答问题、解决他们在创业中遇到的各种困难。"

邓爱平在结束采访时说:"一个人强不算强,一个集体强,那才叫强!我要让我的用户强大起来,只有有强大的用户群体,才能有强劲的销售,才能吸引更多的创客去实现自己的创业梦想。"

朱明月

学历不高创业不俗

创业也可以分为原创和再创,就像买房子一样,有的是刚需,有的是改善。原创是没有创业经验,没有启动资金,没有资源,没有门路,从零起步,摸着石头过河。而再创,是有一定的经验和积累。

小学上了两年半的创客

在采访朱明月之前,创客云商的CEO马晓轩给我说,有一个人的创业故事非常精彩,他是农村的,小学只上了不到三年,现在是我们创客里最优秀的创客之一,而且很有头脑,我们都叫他"点子王"。

我想详细了解这个人的情况,马晓轩说,具体情况他不是太清楚,只听说他很传奇,等他什么时候来西安了,通知我。

从马晓轩告诉我那个小学只上了不到三年的创客后,我的脑海里就出现了一个画面:一个走起路来远看在跑,近看在摇,身高一米二左右的男子,见到任何人,脸上都会露出谦卑的笑容。我为自己脑海里出现的这幅画面感到奇怪。我在寻找这个画面出现的根源时,突然想到了曾经采访的一个人。那个快四十岁的男子身高还不到一米二,他出生在贫困山区,小学上到三年级时,个子还比同学低一头。有一次,老师让他站起来回答问题,他站起来时,比坐在凳子上还要矮。老师很生气地走到他跟前说,让你站起来呢,你为什么往下蹲呢?老师想把"往下蹲"的他拉起来,伸手去拉时,才发现,他是站着的。因为不长个子,遭同学讥笑嘲弄,他只上了小学三年级，就不再上学了。

当我把朱明月与一个身高一米二的男子联系起来时，我又在想，一个文化程度这么低的人，在创客云商的平台上能做这么好，他凭的是什么？我始终相信，在生活中，到处都有奇迹，每个人都可能创造奇迹。可是，像这种身高一米二的人，在创新创业浩浩荡荡的队伍里，可能是极其罕见的。一个身高一米二的人，在创业途中，创下了辉煌的业绩，这让那些高情商高智商高颜值的创客们情何以堪？

2017年7月7日至8日，创客云商核心会议在西安高新区中兴和泰酒店召开。在这次会上，我利用会议间歇，采访来自全国各地近百名创客中的佼佼者。在采访来自上海的张学奎时，他给我推荐了几个人，其中说到了朱明月，说朱明月是最有故事的人。张学奎给朱明月打电话，朱明月和几个美女创客来到了张学奎的房间。

张学奎给我介绍朱明月时，我看到的是一位身材苗条，眼神坚定，皮肤黝黑健美的女士。她的皮肤展现了她风雨无阻的创业印迹，讲起话来，语速快，句子短。她说："我没什么文化，小学上了两年半，也不太会讲话，讲得不对的地方，你就……"

我打断了朱明月的话，笑着说："别开玩笑，我是很认真地在采访你，听说你在创业中很有故事。"

"我没跟你开玩笑，"朱明月说，"我小学就是上了两年半，我没骗你。"

坐在一旁的张学奎说："她说的是真的。"

我恍然大悟："马晓轩给我说的那个小学上了不到三年的人是你呀？"

这是一个创客的时代

"是啊，"朱明月笑着说，"说的就是我啊。"

我脑海里那个身高一米二的男子瞬间消失了，代之而来的是对朱明月更大的好奇。

漂泊打工为谋生

朱明月1989年出生在江苏省宿迁北部的一个贫困农家。家里之所以贫困，一是因为除了几亩薄田没有任何经济收入，一家人的基本生活都难以保证；二是因为她的父亲得了一种怪病，小腿肿胀得比大腿还要粗，因为穷，没有得到及时的治疗，便落下了残疾，几乎失去了劳动能力。

七岁那年的暑假，腿有残疾的父亲，一瘸一拐地带着她沿街乞讨，她在人流密集的路口或街道，吹着凄凉的唢呐，唱着父亲教给她的几首流行歌曲，以博取路人的同情，获得施舍。她吹唢呐时，眼睛偷偷地瞄着行色匆匆的路人，看着投向她同情的、鄙视的、厌恶的、嘲笑的目光时，她觉得自己幼小脆弱的心随着唢呐声在颤抖。白天沿街乞讨，晚上躺在银行门口的石狮子旁过夜，就这样，整个暑假期间，她和父亲讨到了不到200元的硬币……沿街乞讨给她留下了终生难忘的记忆。后来，自己打工了，挣钱了，只要在街上见到乞讨的人，触景生情，就会不由自主地想到自己那段辛酸的往事，就会毫不犹豫地从自己的兜里掏出所有的零花钱，小心翼翼地放在乞讨者的面前。直到今天，她见到乞讨者，依然会施以援手。

乞讨并没有改变家里的窘况，反而招惹了很多流言蜚语。在那些流言蜚语中，上小学的朱明月被同学嘲笑、奚落、羞辱。上完小学三年级第一学期，村里的小学和别的学校合并了，上学比原来远了，父母说什么都不让她上学了，说女孩子上学没什么用。而实际上，是家里没有钱供她上学，尽管小学属于义务教育，但课本费总是要自己掏钱的。面对父母这种重男轻女的传统观念，年幼体弱的朱明月也只能无可奈何地接受这种残酷的现实。被逼回家的朱明月每次看着与自己从小一起玩耍的伙伴们背着书包上学时，她都会偷偷地站在门背后，目送那些上学的伙伴在自己视野里模糊、消失。

十岁左右的朱明月辍学回家后，跟着父母下地干农活，跟着母亲学做家务，她像一只小鸟，被困在像鸟笼一样的家中，渴望自由地飞翔。可她无法获得自由，她只能帮父母干活。后来，母亲在镇上揽了一些类似包装的活儿，她又开始帮母亲赚一点微薄的血汗钱。

十五岁那年，有一个服装厂在镇上招工，要先培训三个月。培训是免费的，但食宿得自理。等培训完之后，就可以去服装厂上班。朱明月想去参加培训，给父母做工作，父母勉强同意了，她为了节省费用，每天早上从家里去镇上培训，晚上徒步回家。可是，第一个月下来，饭卡上的50元用完了，她问父母要钱，父亲说，家里哪有钱，你出去一个月了，不赚钱，还问家里要钱，没钱！一心想到服装厂上班的朱明月就这样灰溜溜地回家了。

十五六岁，正是充满渴望和梦想的季节，可对朱明月来说，她的人生是灰暗的。朱明月在经历了那次培训的打击之后，已经有了一种走出家门闯一闯的反抗和自立意识。她不想再窝在家里了。她在镇上找了一家饭馆打工，洗菜择菜，刷盘子洗碗，管吃管住，每月180元工资。她把自己挣的工资都交给了父母，希望父母能让妹妹继续上学。

十六岁那年，在饭馆打工的朱明月，很想买一辆自行车，她回家把自己平时一毛两毛攒下来的零花钱从一个酒坛子里翻了出来。她用一只长筒袜，装着160元毛毛票，去一个自行车销售处想买一辆自行车。卖车的老板把那些毛毛票点了几次，也没有因为多点一遍超过160元，老板说，自行车最便宜的是180元，还差20元。朱明月说，你把自行车先卖给我，欠你20块钱，我一定会还你的。卖自行车的人怎么都不相信她。她就软磨硬泡，反反复复地说，她一定会还上欠的20元。从一大早开门，到晚上快关门，朱明月没吃没喝，一直站在卖自行车的门口，她对卖自行车的人说，你不卖给我，我明天还会来，我欠你的钱一定会还你的，我说话绝对算数。快下班时，卖自行车的人见朱明月还站在门口，老板咬了咬牙，把180元的自行车160元卖给她了。

过了一个月，朱明月拿着20元给卖自行车的人时，卖自行车的人看了看她说："我就没想着你会还钱。"朱明月说："我是穷，但我穷得有志气，我说过了，我会还你的钱，我就一定会还。"

二十岁那年，朱明月从江苏宿迁到了安徽合肥。从那个时候开始，她不再去饭馆打工了，她到酒店当服务员，工资待遇比在小饭馆里打工要高出很多，每月3000多元的工资，她开始攒钱，想做生意。那年生日，她给自己买了一部苹果手机，让妹妹教她认字打字，学用手机。

在合肥断断续续干了三年多，朱明月又到了苏州，依然在酒店里打工。那时，已经走向社会十几年的朱明月清楚地意识到，要想彻底改变自己的人生，还得自主创业。

急于求成上当受骗

2013年，朱明月在苏州站稳脚跟之后，发现身边的人都在做微商。她觉得这种赚钱的方式很好，于是，她请教身边的人，如何做微商赚钱。在初步了解了微商之后，她开始从淘宝上购物，然后通过QQ和微信推销，一件商品赚十几块钱，除了快递的费用，赚的钱还不够自己手机流量费。但是，她没有放弃做微商的打算。

2014年年底，有人给朱明月推荐了一个平台，说是非常赚钱。"那时，我想赚钱都想疯了，就把自己所有的积蓄都拿出来，开了一个网店。"信誓旦旦的朱明月开店之后才知道，有了店铺，就得进货囤货，有些人一次就进十几万元的货，进的货越多，价格越便宜，利润就越丰厚。可她没钱进货，只得到了公司赠送她的一个千元礼包，投资的近4万元，做了将近两年，她也没收回成本。后来，她干脆从别人那里借货销售，从中赚取一点差价。

雄心勃勃的朱明月，第一次创业就失败了。这种失败反倒激发了她更大的创业热情。她觉得，只要你愿意做一件事，谁也阻挡不了你。她利用淘宝和韩国代购等方式赚取微薄的利润，她在打拼中积累经验，摸索门道。

急于求成的朱明月在这个时候遇到了一件至今都让她难以释怀的事。一个朋友找到她，给她介绍了融资和投资的事。因为是朋友，尽管她没有听懂什么是融资，什么是投资，但她还是相信了她的朋友，她把自己仅有的1万元交给朋友去投资，然后，她还鼓动亲朋好友也去投资，她和亲友总共3万多元的投资，最终全打了水漂。当她知道自己

这是一个创客的时代

上当受骗之后,她省吃俭用,用工资把亲朋好友被骗的钱一笔一笔的还上。她觉得很窝囊,但不能因为自己的失误让亲朋好友受损失。她不想因此失去亲朋好友对她的信任。

"那次被骗,我很伤心。自己因为轻信朋友,上当受骗,又不想失去被我鼓动投资的朋友,我把自己几年间辛辛苦苦赚的钱全还债了,好多朋友到现在都不知道,我还给他们的钱,是我的辛苦钱,是我从自己包里掏出来的。"朱明月讲到这些时,眼圈有点发红,她用颤抖的声音说:"想起来蛮心酸的。要不是创客云商和可丽金,我都不知道我现在会是什么样子。"

创客云商改变命运

朱明月虽然只上过不到三年的学,但丰富的生活阅历让她的言语之间都充满着哲理。在谈到创客云商时,她说,创业意愿越强烈的人,创业越容易成功。

创业也可以分为原创和再创,就像买房子一样,有的是刚需,有的是改善。原创是没有创业经验,没有启动资金,没有资源,没有门路,从零起步,摸着石头过河。而再创,是有一定的经验和积累。

而朱明月,在成为创客之前,已经在市场上摸爬滚打了几年,对微商和电商也有了一定的了解,当她发现创客云商是一个产业互联网平台时,她觉得,她过去所有的坎坷遭遇,都会在这个平台上得到补偿。

2016年3月，张学奎给朱明月介绍了创客云商的运营模式和可丽金品牌的影响力，她把创客云商和过去自己做的电商做了比较后发现，创客云商才是真正能够实现创业的地方。不需要进货囤货发货，只需要分享推广，只要有人进店购物，自己就有收益。这么好的平台，为什么不做呢？于是，她给无锡的一个朋友打电话，让帮忙看看创客云商这个平台到底怎么样，能不能做？无锡的那位朋友做美容产品做得很大，朱明月就是从她那里借的货在卖。那位朋友帮她了解之后说："这个平台不错啊，可以做。"朱明月说："我还欠你的钱呢，我把钱还给你，你先做，做了以后推荐我。"那位朋友说："你想做的话，钱先不还我，等你赚钱了再还我。"

"我非常感谢那位姐姐，要不是她，我就不可能成为创客云商的创客，也不能做这么好，"朱明月说，"创客云商彻底改变了我的人生。"

2016年3月8日，朱明月在创客云商成了创客。

成为创客之后，她开始认真了解创客云商的运营模式和产品的功效。"我是土包子，没什么文化，但大家都知道我的人品，我接触的人，差不多也没多少文化，我不能给他们讲国际品牌、类人胶原蛋白这些让他们根本听不懂的话，我就拿着产品给他们说，这个产品没问题，放心地用，这个平台没问题，放心去做，绝对赚钱。如果你成为创客，赚了钱是你的，赔了钱，我给你认。"

在朱明月简单朴素而又自信的激励下，她身边的人，有的开始购买使用可丽金，有的开始做创客。

朱明月成为创客云商的第一个月，销售额2万多元，第二个月翻番，第三个月，销售额12万。她看着账户上的余额时，忍不住给无锡

这是一个创客的时代

那位借给她钱的姐姐打电话,那位姐姐听说她一个月赚了好几万,很震惊地问:"你是怎么赚的?"随后,那位姐姐也成了一名创客。

"我赚的钱不少,最多的一个月赚了老公半年的工资。但我手头没钱。"朱明月说。

我问:"为什么?"

朱明月说,她赚的钱,大部分借给那些想创业又没钱的人了。她说:"有些人想成为创客,但缺少资金,我就用我自己的钱给他们先垫着,让他们先做着,等挣钱了再还我。我老公说我,你这哪是赚钱,你这是扶贫。可事实证明,他们赚了钱都还给我了。"

为了能够不断提升自己,带动更多的用户创造更好的业绩,腰包鼓起来的朱明月,把自己所有的时间和精力都放在了创客云商上,只要公司有培训,她每场必到,她自觉地在补自己的短板。

通过一年多的努力,朱明月的销售额达到了近100万。一年多来,朱明月在创客云商赚了多少钱,她不便透露,但她告诉我,她用一年来赚的钱给父亲买了车,自己也开上了宝马。

如今的朱明月,已经不是那个只上了不到三年学、四处漂泊的打工者,她已经成为一个名副其实的创业者。她的创业故事,在创客云商的团队里,已经成为一个经典的案例,成为大大小小培训会上的活教材。

当我问她下一步还有什么打算时,她笑着说:"我永远都不会离开创客云商这个平台,这个平台是一个创业者的平台,给我带来的收益已经远远超出我的想象。"

吉晓燕

从高校辞职当创客

创客云商是产业互联网平台，人性化的营销模式吸引了更多人创业。做创客，说到底，就是做生意。那么，既然是做生意，我觉得，做人比做生意更重要。一个人，如果连最起码的诚信都没有，生意肯定做不好，也不可能做大。因此，把人做好了，生意自然就好了。

创业比上班赚得多

我并没有打算采访吉晓燕,原因是,在创客云商提供的采访名单里,她的工作单位是西安的一所名牌大学。我觉得一个高校的老师,做创客,去创业,会不会利用学生帮她在做。如果她利用学校的资源和学生实现自己的创业梦想,这种做法我是不赞成的,也是不能提倡的。

2017年6月12日,在采访姚巧红时,我拿着创客云商给我提供的采访人员名单让她看,问她都认识谁,她看了那些名单,说名单上的人她都知道,他们经营得都很好。说完,她很不经意地说:"那个吉晓燕,为了可丽金,从高校都辞职了。"

我有点吃惊,因为我知道吉晓燕所在的那所大学。那所大学的环境多好啊!在绿树成荫、鸟语花香、朝气蓬勃的校园工作,多么令人羡慕。在这样的一所大学工作,是很多人可望而不可即的。可吉晓燕却辞职了。可丽金真的有那么大的魔力吗?

采访完姚巧红,我给吉晓燕打电话,问她是不是因为在创客云商创业辞职的,她很轻松地对我说:"是啊。"我与她约定,第二天下午采访。

创业+购物+社交

采访吉晓燕前,我一直在想,她辞职家里怎么就同意了?亲朋好友怎么看?她辞职创业,一年到底能赚多少钱?

见到三十二岁的吉晓燕时,我脑子里蹦出了一个词:女汉子。她浑身散发的那股创业热情感染着我。她那有点"威猛"的身材,显示出一种勇往直前、披荆斩棘的精神状态,她光鲜的脸上总是带着微笑,谈吐间不断发出纯真无邪的笑声,她笑得自然又自信。

我问她:"你从学校辞职以后有没有后悔过?"她很开心地笑着说:"我做创客三年,相当于我在学校干三十年,我不后悔,永远都不会。"

当我问她辞职一年多来能赚多少钱时,她想了想说:"买一套房没问题。"

做创客没有想象的那么难

创业对很多人来讲,并不是一件容易的事儿。有些创业者,有决心、有能力,却因为缺乏资金,无法实现自己的创业梦想。而吉晓燕却觉得,创业并没有想象的那么难。只要你努力去做,坚持去做,一定会成功。

2015年9月9日,创客云商宣布成立并上线,让之前就接触过类人胶原蛋白产品的吉晓燕激动不已,她作为创客云商的第一批创客,觉得自己浑身都充满了创业的激情。她创业的梦想因为创客云商的启动被点燃了。她说:"可丽金改变了我的命运,改

这是一个创客的时代

变了我的人生。"

说到可丽金，没有人不知道西安巨子生物。因为，巨子生物是全球少有的量产类人胶原蛋白的厂商。类人胶原蛋白是获得过国家技术发明奖和中国专利金奖的，作为知名品牌，产品无论在医院，还是在市场，都有很高的美誉度和知名度。在创客云商平台成立之前，吉晓燕已经在做类人胶原蛋白产品的销售了。那时，类人胶原蛋白美肤产品搭载的是另外一个平台，销售类人胶原蛋白产品，就得在那家网站开店，做电商，就要不断囤货、发货。做电商后，吉晓燕每天下班后就急急忙忙回到满屋子都是货物的家中，为客户发货。而创客云商的成立，几乎颠覆了电商的运营模式。只要成为创客云商的创客，在分享过程中，有人登陆网店购买产品，就会有回报，不需要囤货，不需要发货，只需要不断地学习、分享，就会能实现自己创业的梦想。这种运营模式，轻创业、低风险，相比传统电商来说，更便捷、更省力。

"这么好的平台，这么好的产品，这么响亮的品牌，只要分享，就会有收益，对于创业者来讲，还有什么可犹豫的？这种创业方式，并没有想象的那么难。"吉晓燕说这些话的时候，显得轻松愉悦，自信满满。

在采访中，当我问吉晓燕在创业过程中有没有感到艰难时，吉晓燕说："我不知道在别的行业或领域创业难不难，但我知道，在创客云商创业一点都不难，只要你能玩转智能手机，在创客云商你就会成为创客，太简单了。"

我问："是不是创客云商的所有创客都能赚钱？"

吉晓燕笑着说："我开始的时候,不敢给别人讲这个平台能赚钱,我现在给别人讲的时候,我就说,这个平台肯定能赚钱,赚多赚少,完全取决于你的付出和努力程度,你付出多了,收益肯定多,你不可能不做任何付出还想赚钱吧?"

"你觉得创客云商的优势在哪儿?"我问。

"我觉得最明显的优势是轻创业、低风险。"吉晓燕说。

在反对声中辞去高校工作

有理想,有追求,人生才能更精彩。为了实现自己的创业梦想,为了人生更精彩,在高校工作的吉晓燕辞职了。

我问吉晓燕从什么时候开始想辞职的?吉晓燕说,从她做创客的那天起,她就想辞职。"我觉得,我没有必要耗费我的青春。我所在的学校,是一所名校,学校的自然环境、人文环境、工作环境都很好,我的工作也不是很忙,按部就班,没有任何挑战性。我是一个喜欢挑战的人,做创客云商的创客,完全是用业余时间在做,在做的过程中,我越来越觉得,这件事情完全可以当成事业去做。"

吉晓燕利用业余时间做创客,收入已经远远高于自己的工资,家里人羡慕,老公更是眼红动心。她老公在一家公司做设计师,月薪8000多元,看她赚那么多钱,说他要辞职,也要成为创客云商的创客。吉晓燕毫不犹豫地同意老公辞职,做一个能实现创业梦想的创客。她老公有点不敢相信,以为吉晓燕和他开玩笑,他每月至少有

这是一个创客的时代

8000多元的工资呢，老婆怎么会这么轻易地同意他辞职？吉晓燕像对待自己的客户一样，认真详细地给老公讲了创客云商这个平台和类人胶原蛋白这个品牌的影响力。她老公在她的说服下，辞职了。

吉晓燕的老公辞职后，夫妻二人都成了创客云商的创客。很快，他们的销售业绩就有了明显的提升，他们的目标是成为创客云商的正式员工。

2016年春节过后，吉晓燕给父母说，她想辞职。父母急了，说你们两口子都辞职了，以后的日子怎么过？父母还动用了亲朋好友和各种关系去说服吉晓燕，希望她不要辞职。亲朋好友几乎是同样的口气，说作为一个女人，在高校工作，旱涝保收，辞职会后悔的。她的同学听说他们两口子辞职，就是为了做同样一件事情，觉得他们太疯狂了。而最让她费解的是，当她要辞职的时候，老公坚决不让她辞职。她有点想不通，问老公："你辞职的时候我都没阻挡，我辞职你为什么要阻挡？"老公说："我是男人，我可以在社会上闯荡，可你不一样，你是女人，有一份稳定的工作就可以了。"她又问："我比你做得差吗？"老公无言以对，但他还是说："反正我不同意你辞职。"

面对来自各方面的压力和阻力，吉晓燕不为所动，依然在做着自己该做的事情。她要用自己的业绩证明创客云商这个平台的发展潜力和前景。她打开创客云商客户端，把自己做的业绩给父母看。父母看到她每个月都能赚几万块钱，脸上便洋溢着满意的微笑。

2016年9月，开学后，吉晓燕办理了辞职手续，她回家告诉父母，她辞职了。一直反对她辞职的父母沉默了一会儿说："辞就辞了吧，如果你能保证目前这样的收入，辞了也没什么。"

吉晓燕很自信地对父母说："我赚的只能越来越多，不会越来越少。"

把人做好了生意自然就做好了

作为创业者，吉晓燕是成功的。那么，她成功的秘诀是什么？

"创客云商这个平台，是产业互联网的销售模式。做创客，说到底，就是做生意。那么，既然是做生意，我觉得，做人比做生意更重要。一个人，连人都做不好，生意肯定做不好，也不可能做大。"吉晓燕说："如果非要说成功秘诀的话，我觉得，把人做好了，才能做好生意。"

吉晓燕卖出的第一个礼包，没费吹灰之力。她给那位朋友说，创客云商是一个可以创业的平台，那位朋友说："你说，怎么做，我跟着你做。"吉晓燕问她："你也不详细询问，就这么决定了？"那位朋友说："我相信的首先是你这个人，你让做的事情，我相信不会错。"

东北一位刘姓公务员，是吉晓燕过去做电商时的一个客户，吉晓燕给刘女士推荐了创客云商之后，刘女士很上心，一心想做。可是，她家里人知道以后，坚决反对，觉得弄不好会影响到工作。刘女士犹豫了半年多，一直隔三差五地和吉晓燕联系。吉晓燕就告诉刘女士："如果所有人都反对你，你放弃了，反而证明了他们的反对是正确

这是一个创客的时代

的，如果你做成了，就可以用事实证明他们的反对是错误的。"

为了完成刘女士的心愿，吉晓燕帮刘女士成为了创客。她对刘女士说："如果你做成了，赚钱了，你把借的钱还给我，如果你做不成，产品算我的。我相信，不用两个月，你就会把借我的钱还给我。"刘女士有点感动地问："你怎么那么相信我就能做成呢？"吉晓燕说："通过半年多的交流，我相信，你一定会经营得很好。"

刘女士经营了不到两个月，兴奋不已地对吉晓燕说："过去我们家人反对，他们看见我做创客赚的钱比我的工资还高，现在不但不反对了，全家老小都在帮我分享产品。"

2017年6月13日下午，我采访吉晓燕时，互加了微信。晚上11点，我看见她发了一条微信和视频，视频显示她独自一人在林荫小道行走。文字内容是这样的："状态不好的时候，不要一个人憋着，找个能懂你的人，释放出来就好了。我们都需要去调整自己的状态，将坏情绪释放，调整状态，重新出发。每一段路都有很多转折，拐过弯就能豁然开朗。共勉！"

我给她微信留言：你那么阳光的，还有状态不好的时候？看你拍的视频，黑咕隆咚的，怎么了？

吉晓燕回我：一个创客最近有点低沉，我去她家看看她，回家就这个点儿了。

这使我再次相信，她为什么会在一年多的时间里能帮助700多名用户提升其专业知识，也使我再次想起她说的那句话：把人做好了，才能做好生意。

吉晓燕已经成为一个成功的创业者，但她并没有因此而满足，

创业+购物+社交

2017年6月初，她注册成立了一家销售护肤品的公司，她要用自己的公司，在经营好可丽金类人胶原蛋白系列产品的同时，实现自己更大的创业梦想。可丽金，已经为她的梦想插上了腾飞的翅膀，她要在创业天地间展翅翱翔。从创客，成为企业家，是她更大的梦想。为了这个梦想，她已经出发了。

冼丽

成功从相信自己开始

不论是在哪个平台创业，都会有一批优秀的人才脱颖而出。用心去做的人，收获必定不同凡响！创业的机会对于每个人来说，都是公平的，当它来到我们身边的时候，都是朴素的，很多人因此而忽略了它。但聪明的人都会果断抓住，她们深知只有主动和勤奋，才能让这个机会放大它的价值，才会变得格外绚烂！冼丽创业的理念一直都是，要么不做，要做就要拼尽全力做到最好！

记住，人生的奔跑，不在于瞬间的爆发，而在于不懈的坚持！

一句话
激发了她创业的决心

冼丽1985年出生在海南省海口市福山镇一个普通农家。福山镇距海口市不到50公里，尽管自然环境优美，但农民的生活并不富裕。天生丽质、聪颖好学的冼丽自幼就有当老师的愿望。当她如愿以偿地考上海南师范学院后，她为当老师的理想又迈进了一步。

2003年，冼丽师范毕业后，她才觉得，现实生活与她的理想越来越远了。同是师范毕业，有关系有门路的同学，都进学校当了老师。而她没有任何关系，几经周折，找到了一所私立小学，每月400元，开始了她的教师生涯。

因为男朋友没有工作，每月只有400元工资，对于两个人来说，简直就是杯水车薪。冼丽觉得生活的压力越来越大，日子越过越艰难。触动冼丽离开学校的是因为2008年私立学校改革，迫于各种压力，不得不辞职，走向大城市，开始打工的生涯。饭店服务员、童装售货员、公司文员等各种工作她都尝试过，然而每个月也就一千来块的工资，还要承担房租和伙食费。无法想象，当时的生活有多么艰辛！冼丽还清楚地记得，在最艰难的时候，男朋友连一盒烟都买不

这是一个创客的时代

起!那段时光,她觉得自己的心里是极度酸楚的。2009年年底,冼丽怀孕,于是辞职回家和阿斌结婚了。自此以后,她更清醒地认识到,爱情固然美好,但是如果连温饱问题都解决不了,再美好的爱情之花也会枯萎!特别是大儿子出生后,全家仅仅靠阿斌每个月一千多的工资支撑着,如果再这样下去,日子会越来越难。

孩子出生四个月后,冼丽果断到一家冷饮店上班,从每月700元,干到了每月1200元。那时,冼丽经常和老公想象着如果能赚1万块钱时,会是什么样的心情,该怎么花。

2012年年底,发工资时,老板给她发了800元奖金,加上工资,共2000元。那是她打工以来拿得最多的一笔钱,而且是她自己赚的。她心花怒放地看着那2000元,竟然担心装着2000元走在街上被人抢了怎么办。她兴奋不已地给老公打电话,让老公猜她领了多少钱?当她老公骑着车来接她的时候,她说:"今年我们这个年好过了。"

"你不知道我那个时候有多穷,穷得我好害怕。"冼丽笑嘻嘻地说这句话时,眼里流露出的是淡淡的忧伤。

春节过后,也就是2013年年初,有一天,一个喝过酒的男子到冼丽打工的店里,他边抽着烟,边含糊不清地喊着要喝茶。冼丽没有听见,他大声把冼丽叫了过去,带着挑衅的口吻说:"我让你给我泡壶茶,你为什么不理我?"冼丽说:"对不起,我没听见。"那位醉汉说:"就你这样,你永远就只能是一个冲茶小妹,你的工资能领到2000块吗?"

那个醉汉的话像一根针一样,狠狠地扎在她的心尖上。她在心里问自己:我难道就要干一份一眼就能望到死的工作吗?愤怒、屈辱、自责的冼丽打电话把老公叫到了她打工的店里,把满腹的委屈像打机关枪一样发泄到老公身上,她说她不能这么活着了,她要自己干,自己创业,当老板娘。老公问她:"你想干什么?"冼丽说:"我爱美,我想开一个化妆品的店,可能吗?"老公默默地看着她,发泄完了的冼丽对老公说:"你走吧,忙你的去。"

"我最大的优点是,不管遇到什么不愉快的事儿,隔夜就忘了,不再去想了。"冼丽说,她第二天若无其事地还去打工的店里上班。可是,晚上回家后,老公对她说:"你不是想开店吗?想开就开,我给你借钱去,咱们明天就行动!"冼丽痴呆呆地看着老公,感动得都要哭了,她知道老公对她的那份爱是任何人都无法比的!

第三天,冼丽辞去了冷饮店的工作,开始和老公在镇上寻找门面房,她要创业,改变自己的生活,体现自己的价值。

可是,开店并不是一件容易的事。仅租房、装修,就把借来的钱差不多就花光了。冼丽去找父母,母亲把所有的积蓄4万元拿出来,给自己留了2000元,把3.8万元全部给了冼丽,还一再叮咛,既然开了店,就好好地经营。父母的这份恩,对冼丽来说,永生难忘!

生意不好
靠赌博越赌越惨

很快,冼丽如愿以偿地开了自己的化妆品店铺,她背了10万元的外债,信心满满地要做老板娘。可是,店铺开业之后,生意并没有

这是一个创客的时代

想象得那么好。每月的收入，除了给雇用的一个店员开工资外，所剩无几。

冼丽觉得老板娘不好当，压力也越来越大。于是，她想靠打麻将赢钱弥补店铺的经营业绩。"现在回想，觉得这个想法简直太可笑了。"冼丽说。因为她每天都去打麻将，有时赢，有时输，浪费了很多时间。记得有一天，有几个麻友问她想不想打大一点，自认为对麻友熟悉得跟自己家人一样的冼丽心想，为什么不敢呢？她想，打得大，就赢得多。可是，一场麻将下来，打得晕头转向的冼丽输了9000多元。

冼丽边擦着头上冒着的汗珠，边给老公打电话。老公到麻将馆听说她输了9000多元，冷笑了一声，转身走了。

没过两天，冼丽的老公拿了1万元，给冼丽还了赌债。当时他拉着冼丽的手郑重其事地说："你不能再泡在麻将馆了。如果这样继续下去，你的店铺很快就会关闭的，你要知道，我们借了那么多钱给你开店，我现在已经把能借的都借遍了。"

"我老公的话让我很难受，我答应他再也不打麻将了。那时，我们连房租都付不起了，老公从他爸妈那里借了6000元付的房租。"冼丽说，"其实，我心里清楚，如果还沉溺在麻将馆，店铺真的就要关门了。我也知道，我老公借钱的情景，他是那么低声下气，借了几十个人的钱，为了我，连面子都不要了。他所受的委屈，就是想让我活得更有面子，不想让任何人看不起我，他对我真的是太好了。"

我问冼丽，你老公为什么对你那么好？

冼丽开玩笑地说："他太爱我了，怕别人把我抢走了，有压力啊！"

坐在旁边的李文静和邢婉也大笑起来。她们说，还有很多人都一直喜欢她呢，冼丽魅力太大。

原来，曾有无数大款男人一直在追求冼丽，可冼丽却最终选择了阿斌，宁可被一穷二白的阿斌用自行车带着穿梭在大街小巷，也不靠近有车有房有家业的那些男人！冼丽和阿斌的爱情故事曾在福山镇被传为佳话。

"你老公阿斌的魅力到底在哪儿？"我问。

"帅啊！"冼丽开怀大笑之后说："开玩笑啦，爱情这东西是说不清楚的，我就是爱他，没办法，他为了我，可以赴汤蹈火，不惜一切代价……"

或许这才是真正的爱情吧！面对如此深爱自己的老公，冼丽在心里发誓，不再赌博了。永远！

想要成功
首先得相信自己

冼丽虽然不再去麻将馆赌博了，但店铺的生意冷淡，负债依然沉重。发誓不再赌博的冼丽，又暗下决心，一定要把店铺经营好。

类人胶原蛋白产品是她的店员给她推荐的。当时，类人胶原蛋白护肤产品搭载的一个电商平台正在销售，她听说电商很赚钱，就交了3000元做了一个店主的分销。当她真正去做的时候，发现并没有那么简单，

这是一个创客的时代

就抱着侥幸心理天天泡在麻将馆。现在，不去麻将馆了，心也静下来了，她问自己："别人能做好，能赚钱，我为什么不行？"

自此，冼丽认真研究电商的经营技巧。她发现，类人胶原蛋白护肤品是西安巨子生物生产的，具有国内外独一无二的特点和优势。这样的品牌，这样的产品，一定会拥有大量消费者的。于是，冼丽经过几天的研究和了解，开始利用各种方式广泛添加微友，开始用微信推广方式做销售。做了一段时间，加了不少微友后，她利用微信圈讲了一次公开课，把类人胶原蛋白做了详细的介绍。当过几年老师的冼丽，口齿伶俐，逻辑严密，讲得绘声绘色，吸引了一大批微友。很多微友问她如何代理，如何销售，而且，已经有微友通过她的介绍，在她的店主那里做了分销。随着她公开课的不断讲解，微友也在成倍地增长。

这一次，冼丽着急了，她给老公说："如果我们不当店主，我的这些微友都会去做别的店主的分销，如果我们是店主，我的这些微友做我们的分销，就会有更多的收入，你愿意看着这些钱都让别人赚吗？"

一直全力支持冼丽创业的老公一脸严肃地说："当然不愿意啦。"

冼丽的老公又开始四处借钱，总共借了52 000元。冼丽用36 800元注册成为店主，购买了部分产品，开始了真正意义上的电商经营。为了能够做好类人胶原蛋白产品，她开始参加公司的各种培训，不断提升自己，不断讲公开课。找她加分销的、找她做推荐的人开始多了起来。她对每一个加她分销的人都做一对一的辅导，促进他们销售。每天晚上，直到回复完所有微友和分销的问题，她才睡觉。

创业+购物+社交

像打了鸡血的冼丽从2014年年初开始，利用七个月的时间，销售近百万。她还了外债，还买了一辆十几万元的车，她成了镇上的名人。镇上的很多人开始跟着她做。她的业绩也引起了公司的关注，公司的老总把她的励志故事在微信圈发布之后，她又成了行业内的名人，找她的人，加她微信的人更多了。2015年，冼丽的销售业绩超过了百万，她更自信了，在业内更有魅力了。

"我拼了，我生第二个孩子的时候，凌晨4点觉得肚子疼，把老公叫起来，把所有要打包要发的货都安排好，老公说我神经病，都这个时候，还想着生意。我说，把这些事情处理好了，才能安心去生孩子。等把所有待发的货打包处理好，我们赶到医院不到半个小时，孩子就出生了。"冼丽说，"认识我的人，都说我像打了鸡血一样，真的很拼！"

2016年4月初，海南的一个朋友推荐冼丽成为创客云商的创客，冼丽当时对创客云商还不是太了解，加上囤货占了很多资金，手上也缺现金，就没在意。4月14日，冼丽看到李文静晒了她在创客云商18万的销售额后急了，觉得这个商机一定得抓住。

冼丽在了解创客云商时发现，创客云商是一个产业互联网平台，与她原来做的平台相比，门槛低，最大的优势是，不用囤货，不用自己发货，消费者下单，厂家发货。创客云商销售的是巨子生物生产的类人胶原蛋白系列产品，其中影响力最大的可丽金，已经在医院使用了多年，还获得过多种荣誉奖项。冼丽觉得这个平台一定会火起来，她相信自己也能火起来。于是，她给李文静发微信，佯装了解情况。

"其实我已经了解清楚了，就是想从李文静那里借钱呢，但我又不好

这是一个创客的时代

开口,我说我想了解创客云商,李文静当时没理我,我急得在家里转圈。后来我才知道,李文静忙着管孩子呢,等孩子睡了,她看见我的微信,马上就回了我,详细给我讲了创客云商这个平台的好处,说如何如何赚钱。我就说,我手上压了很多货,没有现金,李文静就给我转了账。"

2016年4月15日,冼丽成为创客云商的创客。"我为什么那么着急,因为,我知道商机很重要,我手上已经掌握了很多资源,如果我晚了,我圈子里的人可能就去买别的货了。"

冼丽成为创客云商的创客之后,她还以讲公开课的形式推荐可丽金类人胶原蛋白。仅半个月时间,她的销售额就达到了10万元,她怎么都不敢相信,这钱会赚得这么轻松。"过去做的那个平台,提现很难,看起来赚了不少钱,都是券,只能购买产品。可创客云商不一样,只要有人下单成交,次月就能提出现金。"

在镇上,冼丽已经成为值得信赖的创业领袖,她做什么,大家都跟着她做什么,加之她热情和负责的态度,她把创客云商经营得风生水起。

从2016年4月到2017年7月,仅仅用了一年多时间,冼丽在创客云商这个平台上,销售额就突破了200万,她再次成了镇上的名人,在创业者中,她有一呼百应的影响力。

2017年7月7日,我在采访冼丽时,她笑着说:"我正在筹备可丽金的体验店,我要让更多的人了解可丽金,使用可丽金,销售可丽金。因为,创客云商是一个完全能够实现创业梦想的平台,可丽金类人胶原蛋白是最好的护肤产品。"

在创客云商实现自己创业梦想的冼丽说："创业，一旦选择，就不要给自己留后路，所有的成功都是从相信自己开始的，如果没有自信，将一事无成。"

祝晓玲

创业就是站在跳板上

特别庆幸自己，没有选择那种一眼能看到结局的人生。未知的未来才更有挑战。永远不要想着用时间去赚钱，熬是熬不出一个美好未来的。有时候并不是我们付出多少努力，而是要选对一个好的平台。感激这个大众创业、万众创新的好时代。创业不再是单打独斗，我们不需要造船过河，而是可以借助创客云商这条大船，乘着互联网的东风，驶入红利风口区！

参加工作时
两个人合吃一份快餐

在我采访创客云商的优秀创客时，很多人给我推荐了祝晓玲。他们都说，祝晓玲是一个真正的创业者，她是最早涉及电商的创客，她也是创客云商众所周知的销售达人。

见到祝晓玲时，我脑海里蹦出一个词：精灵。娇小玲珑的身材，黑色的连衣裙，一头秀发，目光灵动，面色皎洁，说起话来有条不紊，绘声绘色，言语间流露出满满的自信与坚定。

在整个采访过程中，我几乎没有提问，而她讲述的全是我想要的素材。

"我是那种永远都不会满足的人，很多人想不通，问我为什么要那么拼。其实很简单，我不想浪费自己的青春。我每天给自己都定有计划，完不成当天的计划，我就睡不踏实。"祝晓玲说，她从大学毕业后，一直自加压力，丝毫不松懈。

祝晓玲2008年大学毕业后，在青岛一家外贸公司就业。那时，每月只有800元工资，省吃俭用，只能勉强度日。上班也没什么事儿，她就在思考，三年以后的自己会是什么样子？按部就班的上班一眼就能

这是一个创客的时代

看到结局，难道这就是我的人生吗？她虽然出生在一个再也普通不过的农家，但从小到大，父母待她这个独生女像掌上明珠一样，家里再困难，父母都不会亏待她。她是在娇生惯养中成长的。上大学以后，她觉得，自己应该自立了，不能再靠父母了。大学毕业后，对生活充满着美好憧憬的她，几经周折，找到的工作，每月也就800元工资。800元，除了房租和日常用品，所剩无几。那时，她和一个朋友为了省钱，中午两个人合吃一份快餐。有一天吃饭的时候，她指着旁边的那个商场对朋友说，以后有了钱，我们就去那里，想买什么就买什么，都不用看价格的。她对我说，这么多年过去了，她一直记得，当时说出这句话时她的表情还有神态。这个也是她梦想的雏形。

有一天，祝晓玲跟偶然间认识的一个朋友聊天，得知他每月工资1万多元的时候，羡慕不已，问那位朋友怎么样才能到他的单位去上班？她说她能吃苦，学习力强，不懂的她可以学。那位从事船舶工程的朋友说，他们的工作一直在船上，不要女的。她大失所望，觉得自己靠上班，想每月赚1万元实在是太难了。她苦思冥想，干什么每月能赚1万元？那个时候每天做梦想的都是月入过万的收入。

后来，她的一个同事辞职后开了一个服装店，说每个月能赚1万多。她了解后才知道，同事开的服装店，仅房租和装修就花了20多万。投资20万，每月赚1万多元，这样的投资对当时的她来说，就是天文数字。

因为工资太低，生活艰难，祝晓玲一直寻找着投资少的创业机会。"那个时候不像现在，要创业，没有启动资金，就是空谈，也没有现在这么好的创业环境。"

创业+购物+社交

2010年的一天，一个朋友对祝晓玲说，你知不知道现在很多人开网店每月能赚很多钱。祝晓玲惊呼，对啊，开网店也能赚钱，成本还低！

聪明好学的祝晓玲登录朋友的网店，认认真真地进行了研究，她根据网店的销售量，初步估算了一下，那个网店每月能赚6万元左右。这么一算，祝晓玲坐不住了，心想，别人一个月赚6万，我这么好学，努力的话难道还赚不到1万吗？现在一年的工资还不到1万元，即使这么干下去，三五年后，工资也不过两千多块钱，我待在这里不是浪费自己的青春吗？

于是，祝晓玲辞职了。在辞职的时候，老板一再挽留，说她聪明好学，表示要重点培养她，而她却说："我不想上班了。我真的很想为自己做点什么。"那个时候大家都在打工，创业还没这么流行。所以那个时候创业连家里人都不认可。

白手起家
在创业路上孤独前行

辞职后的祝晓玲身上只有600元，她把自己所有的东西装在几个编织袋里，从青岛乘坐大巴前往即墨。

即墨作为山东省下辖县级市，素有"青岛后院"之称。即墨是青岛通往全国的陆上"咽喉"，交通便利，经济发达，是全国有名的服装城，那里的服装通过各种渠道发往全国各地。祝晓玲就是要到这

这是一个创客的时代

个生产批发服装的县城，实现她的创业梦想。坐在开往即墨的客车上，充满创业激情的祝晓玲告诉自己，即使再苦再难，都要在即墨扎下根来。

初到即墨，因为没有资金，没有生活保障，祝晓玲不得不在一家外贸公司谋得一份差事。每天中午休息时间，祝晓玲骑着自行车，跑到服装市场，挑选新款服装，拿回家，通过淘宝销售，一件衣服赚十五块钱。酷热难耐，她在犹豫还要不要出去时，脑海里就浮现出她关于未来的规划，她的梦想。于是，她顶着炎炎烈日，汗流浃背地骑着自行车，到服装城批发服装，下午还要按时上班。周末休息，她全天泡在服装市场。从早上到中午，祝晓玲背着包，在服装城一家一家地看。"每天都有新款，我就是要第一时间把新款挂在网上，"祝晓玲说。上午一直在转、在看，下午把挑好的服装买回家，然后拍照上架，有人下单，再打包发货……

祝晓玲就这么冒着严寒酷暑做了一年多，有了原始积累之后，才辞去工作，全身心地开始了她真正意义上的创业。

2011年12月，祝晓玲赚了6000多元，她很欣慰，也很自信，给自己定的目标是，从2012年开始，每月赚1万。

有了目标，就有了动力。为了能够实现每月赚1万元的目标，祝晓玲起早贪黑，不断研究学习电商运营，不断上新货，连她自己都不敢相信，自己娇小的身躯怎么会迸发那么大的能量。她给自己设定了目标，每天必须至少赚够300元，如果当天没有赚到300元，第二天必须要补上。对自己近乎苛刻的要求，就是为了实现自己的目标。

祝晓玲利用淘宝做了将近三年的服装生意。"我做服装赚钱了，可是，后来因为微信的出现，压了十几万的货，现在还在库房里，卖破烂，太可惜，只能每年花1万元租个库房放着，压货让我又负债了。"

祝晓玲说，2013年微信出现之后，她发现有人利用微信在卖东西，她觉得微信将会对淘宝构成巨大的冲击。利用微信销售，没有成本，没有风险。微信，就是粉丝经济。

在服装城摸爬滚打了几年的祝晓玲，开始充分利用微信平台进行销售。当很多人把微信平台当作吃喝玩乐逗开心的社交平台时，祝晓玲已经开始利用微信社交圈在做经营。她的先知先觉抓住了商机，也赢得了市场。

自从有了微信，祝晓玲就不用再去逛服装城了，那些服装店的老板通过几年的交道，大部分都认识，她让把新款服装照片发给她，她坐在家里，利用微信朋友圈推销，有人购买，就让服装店代发，她从中间赚取差价。

2014年，通过微信营销的祝晓玲把所有的外债全部还清了。"我最困难、最辛苦的是2012年到2013年，那时，我把所有的信用卡都透支了，但我从来没有给家人说过。我相信，三年肯定能翻身。"在创业道路上坚定不移的祝晓玲终于在2015年迎来了她的翻身年。那年，她每个月都有几万元的稳定收入，深谙互联网创业的祝晓玲觉得特别轻松。她在不断积累粉丝，她觉得人脉就是钱脉。

拥有大量粉丝的祝晓玲不但把自己的生意做得风生水起，而且帮父母卖水果也卖出了名气。她的家乡每年到了水果季节，乡亲们都因为滞销头疼，祝晓玲利用她微信圈推销家乡的水果，让家乡的水果不但卖得好价钱，还供不应求。乡亲们对祝晓玲的父母更是敬重有加。

这是一个创客的时代

把微商做到得心应手的祝晓玲，遇上创客云商更是如鱼得水。

在创客云商
轻轻松松创业赚钱

"我做任何事情，不做则已，一旦做起来，肯定要做到最好。"祝晓玲说，"做任何事情，如果不学习，不研究，不投入，根本不可能做好。"

2016年10月，有人给祝晓玲推荐产业互联网平台创客云商时，她并没有在意。"那时，我正好看到一个创客晒的工资单，我觉得意思不大，还没我卖服装赚的多，所以我根本没兴趣啊，也不想把时间跟精力放在那里。"后来，等她的护肤品正好用完后，为了最低价格使用可丽金类人胶原蛋白的产品才成为一名创客，做创客根本没有想过要去经营，因为，她做服装销售，每个月有几万元的收入，

2016年"双十一"前夕，祝晓玲看见创客云商平台上发布促销活动，优惠力度很大，就想着可以分享给微信里的好友，毕竟这么低的价格一年也就一次啊。她利用两天时间，进行了深入研究，然后，她开始在朋友圈分享。让她没想到的是，她的朋友圈被刷爆了，短短三天，销售额达到了58 000元，她的业绩在创客云商"双十一"销售擂台赛中位居第二。这件事情影响了她，她觉得自己只是稍微用心了一下，居然会取得这样的成绩，如果用心经营的话可能会有更大的回报。

祝晓玲这才开始研究创客云商。研究得越深越发现这个模式的优势，这正是她一直寻求和渴望的创业模式：不囤货，工厂代发货，每个月赚的钱，是没有进货压货成本的纯利润，解放资金，解放自己。并且随着销售业绩的增加，每个月的收入也无上限。

祝晓玲决心要做好创客云商。"要做好，就必须把自己变成内行。"

2017年元月，祝晓玲开始全身心地经营店铺，一月份，她的销售额才5000元，二月份，竟然达到了320万。她觉得，创客云商这个平台是一个符合这个时代经济发展的新型的创业平台，未来潜能不可估量！她要在这个平台上大显身手。

为了能够做得更好，为了能带动更多人实现创业的梦想，祝晓玲深知学习的重要性！只有提升自己才能配得上更大的梦想。那个时候她孩子还小，要出门必须带着孩子，也必须带着老公照顾，于是她开始了拖家带口的学习历程。2017年，参加3月19日在西安召开的轻创业大会，4月在无锡的精英培训会，杭州的创客云商轻创交流会，5月份的讲师训练营。不管走到哪里，她都带着当时只有几个月大的孩子，老公全程陪着，成了超级奶爸。

当有人问她为什么这么拼时，她说，她是一个非常负责的人。也希望自己能做好榜样，这是对自己负责，更是对信任自己的人负责。想带领多大的团队，就得有相应的能力。

正是因为这种负责的态度和坚定不移的创业精神，在短短的八个月时间里，她就帮助了数百名用户；正是因为这样的付出与专注，她每月都有几万元的收入。

这是一个创客的时代

不断学习的祝晓玲已经成为创客云商平台的讲师,她每讲一次课,都会让大家有所收获。有一次,一堂课下来,很多人纷纷要做创客,决心全力以赴地经营。

当我问她现在还做不做服装时,祝晓玲说:"我现在全心全意在经营店铺。"她说,"每个人的精力都是有限的,我这个人对自己又苛刻,做什么,就想把什么做到最好。在我的创业历程中,我给我自己设定的目标都陆续实现了。"

我问:"在创客云商你的目标是什么?"

"我想做创客云商最有影响力的创客,帮助那些像我从前一样不安于现状有梦想并执着坚持的人,在这里收获她们想要的结果。"祝晓玲说。

"你觉得创业最大的感受是什么?"我问。

"创业者的思想很自由,能把潜力挖掘出来。"祝晓玲说:"创业者和上班族最大的区别就是,创业者是站在跳板上的,越跳越高,未来无限,而上班族是在跳板下生活的,朝九晚五,思维定式,很难突破。"

一直在创业道路上打拼的祝晓玲,跟其他创业者有所不同。她说:"目前所有的创业都是为了积累原始资本,我是一个永远不满足的人,在合适的时间,合适的机会,我会做企业的。"

创业永远在路上,人生的好风景也在路上。相信,祝晓玲在创业道路上,会有越来越多的收获。

符志蝶

只要方法对了创业真的很轻松

创客云商改变了我的观念，使我比过去多了包容和理解的心态。过去，我一直是单打独斗，以自我为中心，现在，有了自己的用户群，就要想着怎么才能共同进步，怎么才能带领用户快速发展，让每个人都能找到创业的信心，实现创业梦想，享受创业的成果。在创客云商，会越做越轻松。

创客云商，一个让"创业像呼吸--样轻松"的创业平台。

16岁开始创业
从乡镇走向省城

在创业的道路上,符志蝶也创造过传奇。但是,不了解她的人,几乎没有人会相信,有几分腼腆,有几分谦卑的符志蝶,自强自立的那种创业精神是多么强劲。

符志蝶1985年出生在贵州省贵阳市一个偏远的农村。16岁那年,初中毕业的符志蝶,为了减轻父母沉重的家庭负担,她选择了创业。

十五六年前,创业对很多年轻人来讲,并不是一件容易的事情。那时,创业没有启动资金,没有资本,根本无从谈起。即使有资金,创业成本所带来的风险也不容忽视。因此,当初中毕业的符志蝶选择创业时,亲朋好友无不反对。

没有任何社会经验,没有一分钱的资本,凭着满腔的热情和改变命运的强烈愿望,符志蝶借了3000元,在镇上租了一间门面房,开启了充满憧憬的服装生意。她要用自己的双手改变命运。她觉得,生长在贫困家庭无法选择,但不能没有改变贫穷的志气。人穷志不穷,是她勇敢走上创业道路的精神动力。

租了门面房,她就开始奔波在省城与乡镇之间,把省城款式最

创业+购物+社交

新的服装，第一时间引进到镇上，以薄利多销的方式，吸引着当地顾客。

就这样，苦心经营了两年之后，她赚了10万元。10万元，在2003年，对于他们家来说，并不是一个小数目。

有了10万元的积蓄，符志蝶开始走向省会城市贵阳。她觉得，在省会城市，会有更多的商机，她要慢慢地把自己的生意做大。

奔波在严寒酷暑中的符志蝶，利用自己的10万元，在很短的时间里，以滚动发展的方式，立足贵阳最大的服装批发市场，并且开了三家服装店。她既做零售，又做批发，生意做得风生水起。

一个身无分文的农村姑娘，在短短的几年间，通过个人的努力和坚持，做出了让人刮目相看的业绩。可符志蝶并没有因此而沾沾自喜，故步自封，而是不断寻找着新的发展机遇。

抢占先机
一年赚了50万

2008年，随着美国金融危机的爆发，生意开始变得难做了。尤其是服装生意，面临着进货发货囤货，新款冲击、老款滞销积压、资金周转困难等问题。如果积压的服装过多过时，有可能把自己的利润摊薄。已经做了几年服装生意的符志蝶，面对互联网对实体店的冲击，经过深思熟虑，果断地转让了自己的三家服装店，准备全身心投入到电商运营领域。

这是一个创客的时代

"那个时候,主要是淘宝。我关了自己的店铺,通过淘宝销售,省了门面租金和人员工资,赚多少,全都是自己的,不像原来,要付房租,要开雇员工资,看起来生意红红火火,到头来利润不高,甚至还会亏本。"符志蝶说。为了做好电商,她去深圳、香港考察市场,学习互联网运营。"我是我们那个市场第一个做电商的,很多同行不理解,有点想不通,说我没有店,还照样卖服装,还照样赚钱。这就是商机,抓住了先机,也就抓住了商机。"

2013年,微信出现之后,符志蝶觉得,微信社交平台,有可能成为新的营销平台。于是,她又去深圳考察市场,找互联网方面的朋友和专家,虚心请教如何利用微信做好销售。从深圳回来之后,符志蝶又开始了微商经营。

符志蝶要做微商,几乎所有认识她的人都说她疯了。家里人说,你做了多年的服装,既有经验,又有积累,好好的店铺转让出去,还想在微信上卖服装,简直是痴人说梦。面对所有人的反对,符志蝶不为所动,她觉得,在互联网时代,营销如果不能和互联网嫁接融合,就不可能做好经营。

符志蝶每天不停地在微信圈发布出自香港、深圳的新款服装,她的微信圈,几乎一个小时就要更新一次,手机每月的流量就六七百元,还不算话费。她这么忙忙碌碌地发着微信圈,变着花样介绍款式新颖的服装,三个月之内,连一件衣服都没卖出去,但她相信,随着人们对微营销的了解,只要自己坚持,一定会有收获。三个月后的一天,有一个女的看上一套款式新颖的服装,在确定服装产地是香港后,以2000元的价格购买了那套服装。这是符志蝶做微商三个月以来成交的第一单生意。尽管那套服装她没有赚多少钱，但微营销的开张，给了她更大的信心和力量。

那一年，符志蝶利用微信营销，赚了50多万，是她创业几年间赚得最多的一年。"我是我们当地第一批做微营销的，也是做得比较好的。"符志蝶笑着说："在我们那个市场，我都快成名人了，说到我，没有人不知道。"

当我问到符志蝶一年赚了50万是怎么赚的时，她说："微信平台是一个社交平台，通过微信圈销售的人很多，有些人缺乏应有的商业道德，为了赚钱，卖的东西免不了有'三无'产品。而我，宁可不赚钱，也不销售'三无'产品，我卖的服装，款式新颖，价格便宜，购买者口口相传，相互推荐，生意就做起来了。"符志蝶说："你怎么样对待客户，客户就会怎么对待你。以诚相待，是营销最基本的准则和底线。"

遇上可丽金
创业如鱼得水

任何商业行为，参与的人越多，竞争就越激烈。随着微营销的快速发展，在微信圈销售服装的人也越来越多了，符志蝶又在寻找新的商机。

2016年3月19日晚上，符志蝶的妹妹给符志蝶打电话说，巨子生物有一个创客云商平台，主要销售可丽金类人胶原蛋白。符志蝶听说

这是一个创客的时代

类人胶原蛋白有了自己的销售平台,就给她妹妹说:"我给你转钱过去,你马上给我办理。"

从打电话到成为创客云商的创客,符志蝶用了不到5分钟。她妹妹对此不解,问她为什么这么果断?连问都不问,就要成为创客。

其实,在此之前,符志蝶已经用了一年多类人胶原蛋白的产品。过去,她风里雨里四处奔波,只想着怎么赚钱,根本顾不上保养皮肤,风吹日晒使她的面部皮肤出现过敏。有一个朋友给她推荐了类人胶原蛋白产品,她在使用过程中,皮肤开始变得越来越好,这才知道,类人胶原蛋白是西安巨子生物生产的,而且是全球少有的量产厂家。那时,她还曾想过,能否与巨子生物直接合作,销售他们的类人胶原蛋白产品。正是因为使用过类人胶原蛋白产品,相信产品,了解产品,因此,当她妹妹说巨子生物有一个平台销售类人胶原蛋白产品时,她才毫不犹豫地成为一名创客。

成为创客之后,符志蝶就给十几个朋友和客户打电话,说巨子生物搭建了创客云商平台,开始销售类人胶原蛋白,门槛不高,而且赠送的大礼包远远超出你的想象。打完十几个电话之后,两个小时之内,销售业绩就达到了6万。

符志蝶的家人见符志蝶又开始做什么创客云商,都坚决反对,符志蝶信心满满地说:"你知道创客云商是什么吗?创客云商是一个产业互联网平台,销售的是自己厂家生产的产品,创客不需要囤货,不用自己发货,只要分享,消费者下单,厂家发货,我目前还没有发现比这个平台更好的运营平台。再说,类人胶原蛋白产品是全球独一无二的护肤产品,这个平台就是我一直在寻找的平台。"

符志蝶的家人是做酒业的，知道符志蝶的个性和脾气，不管什么事儿，一旦她决定要去做，就是九头牛也拉不回来。

符志蝶对创客云商的运营模式和类人胶原蛋白系列产品进行了全面深入的了解，通过自己使用类人胶原蛋白产品的感受和体验，从不同角度用文字阐释，分享到朋友圈，让更多的人了解类人胶原蛋白产品的功效。她每发一条朋友圈，都会有很多微友咨询，她不厌其烦地做介绍，常常回复微友至凌晨2点。

从2016年3月19日符志蝶成了一名创客，到3月30日，仅仅十一天，销售额就达到了15万。

相比做服装，这样的创业更轻松，更有成就感。

为了经营好店铺，符志蝶已经完全放弃了服装的经营。她不断查找资料，整合资料，消化资料，坚持每天写一篇推广类人胶原蛋白系列产品的文章，发给服务的用户，让他们转发，扩大影响，促进销售。

她的付出也得到了相应的回报，截至2017年7月8日我采访她时，她的销售额已达到170多万。创客里，有兼职的，有宝妈，有做其他生意的，每个创客都在创客云商的平台上大展身手，每个人都有远超想象的收入。

一年多来，符志蝶在创客云商的收益是前三年的总和，她最多的时候，一个月销售额在20万元以上。

"创客云商改变了我的观念，使我比过去多了包容和理解的心态。"符志蝶说："过去，我一直是单打独斗，以自我为中心，现在，有了自己的用户群，就要想着怎么才能共同发展，怎么才能带领

这是一个创客的时代

用户快速发展，让每个人都能找到创业的信心，实现创业梦想，享受创业的成果。"

在采访结束时，符志蝶笑着说："在创客云商，会越做越轻松。"符志蝶的这句话，也是很多创客的共同感受。

创客云商，一个让"创业像呼吸一样轻松"的创业平台。

张学奎

创客云商是最好的创业平台

创客云商销售的是巨子生物生产的产品，各种护肤产品很多，一部手机，轻创业，低风险，自用省钱，分享又可以创业赚钱，这是国内目前做得最好的产业互联网平台。

从电器销售到美容产品

一脸严肃的张学奎,说起话来,脸上看不到一丝笑意。但言语之间却体现出他严谨的作风和忠厚的为人态度。在采访中,我无法把眼前这个不苟言笑的中年男子和可丽金销售能手联系在一起,可实际情况是,他不仅是销售能手,而且已经成为创客云商平台的正式员工。

张学奎是地地道道的东北人,从抚顺大学硅酸盐专业毕业后,被分配到当地一家电瓷厂。那是一家大型国营厂,后来,因为企业改制,名义上还是国有企业的工厂实际成了民营企业。

2003年,张学奎离开了那个厂家,在上海正泰电器开始做电器销售和技术服务。从所谓的国有企业到民营企业,从东北到全国的金融中心上海,对张学奎来说,是人生的转折和挑战。他凭着忠厚的为人和认真踏实的工作态度,很快就在上海站稳了脚跟。2006年,他还被上海市松江区评为2003—2005年度优秀共产党员。

2012年,张学奎被调往西安,成为西北办事处的主任,负责陕、甘、宁、青、藏的销售工作和技术服务。

在西安的四年,一直做市场的张学奎因为爱好旅游,结识了西安的很多驴友，让他与西安结下了不解之缘。

2015年年初，张学奎辞职了。辞职的原因有两方面：一是儿子在上海上学，要高考，他想在家里为儿子做好"服务"；二是股市的上涨让他心潮澎湃。

2015年的中国股市，给很多人留下了深刻的印象。那年，因为金融创新，股市融资融券的开通，杠杆作用撬动着股市节节攀高，不断飙升。场外融资对股市飙升起到了推波助澜的作用。有报道说，有些场外融资达到1:10的比例。就是说，你有100万，通过场外10倍融资，就能融到1000万，加上本金100万，就可以拥有1100万的股市资金。1100万持有的股票，一个涨停，就可以获利110万，如果一个跌停，就会赔110万，就会立即被平仓，血本无归。在这样的杠杆作用下，6月份之前进入股市的人，随便买什么股票，都会赚钱。中国股市再次呈现了全民炒股的盛景。

一直做电器销售的张学奎，面对疯狂的牛市，看着自己的股票每天都会有20万左右的收益时，他觉得，股票涨一天，远比他一年的工资要高得多，随便打个差价，也赚好几万呢。这么好的行情，还上什么班呢？随着股市的上升，张学奎最多时的股票市值超过了300万。那时，他开始有买房子的想法，而且看了好多楼盘和户型。

可是，疯狂的杠杆股市在2015年6月下旬结束了。国家开始治理场外非法融资，控制因为杠杆可能引发的金融风险。股市开始狂跌不止，很多融资客血本无归。有报道称，在股市治理过程中和股市暴跌过程中，500万以上资产的账户，消失了6万多户，50万以上的散户，消失了60多万户。而这些，都是成倍融资、场外融资带来

这是一个创客的时代

的恶果。

张学奎虽然没有融资，但300多万的市值，在这次股灾中也严重缩水至100万左右。"如果当时买房的话，我就把股票卖了，犹豫了一下，没买房，把股市上挣的钱又还给股市了。"

2015年10月17日，张学奎专程从上海飞往西安，参加白彩霞儿子的婚礼。白彩霞是张学奎在西安时认识的驴友。

在参加白彩霞儿子婚礼时，白彩霞告诉张学奎，巨子生物创建了一个创客云商平台，平台从2015年9月9日开始运营，主要销售巨子生物生产的类人胶原蛋白系列护肤产品，而且这个平台是产业互联网平台，也是为创客提供创业的平台。张学奎了解了巨子生物和类人胶原蛋白产品技术之后，以他做了多年市场的经验和直觉，觉得这个平台了不得，是一个具有发展潜力的平台。

在参加白彩霞儿子婚礼的第二天，也就是2015年10月18日，张学奎到巨子生物公司参观之后，毫不犹豫成为创客云商平台上的一名创客。

那时，他只觉得这件事情可以做，但他没想到，自己竟然做成了公司的正式员工。

创客云商"钱"景无限

任何时候，任何市场，能够抢占先机的人，必然会有丰厚的回报。"我之所以做得好，一是因为抢占了先机，二是因为我懂技术，懂得类人胶原蛋白技术独一无二的市场价值，懂得国家技术发明奖的含金量，懂得企业背后西北大学众多博士后团队的研发实力。"

张学奎成为创客云商的创客之后，他就开始通过微信介绍巨子生物的企业实力和类人胶原蛋白技术及可丽金的品牌影响力。巨子生物是全球少有的量产类人胶原蛋白的厂商，类人胶原蛋白是获得过国家发明奖的产品，这样的生产厂家，这样的品牌，应该得到更多消费者的认可。

为了能够提升业绩，张学奎想了很多办法。他先跑上海的美容店，希望能在美容店打开市场。可他发现，很多美容店都是连锁店，使用的所有产品都是由总公司统一提供的，连锁店是不能随便使用其他产品的，只有总店许可，才能使用，可总店的老板根本就见不到。后来，他又去了抚顺老家，在一些美容店做推广。"美容店每一天都会遇到很多产品推广的，如果能给你五分钟时间，那就不错了。"张学奎说"美容店的推广不是那么容易，因为，他们见到的产品太多了。"

在分享和推广过程中，张学奎苦思冥想着如何才能做好可丽金的销售。他觉得，这么好的品牌，这么好的产品，做不好，有点对不住自己。他在思考过程中，突然觉得，何不利用自己做了多年市场的技术优势，把公司的材料进行整合，以图文并茂的形式在微信圈发布。于是，他开始富有创意地制作微信，把公司的品牌、亮点集中体现，他制作发布的微信，点击量最多的时候达到了三四万。也因此，他的销售业绩慢慢好了起来。

"我做创客的时候，由于平台刚成立不久，知道创客云商平台

这是一个创客的时代

的人不多，很多人还不知道创客云商这个平台是干什么的。所以，做起来就容易很多。但是，也有一个问题，可丽金的主要消费群体是女性，一个男同志做女同志的消费品，也有很多不便。有些人不太相信，有些人也不能联系太紧密，你一个男同志，和女同志联系紧密了，会让家人产生许多误会的。"张学奎说。

在分享巨子生物生产的类人胶原蛋白系列产品时，对市场有先知先觉的人毫不犹豫地成为了创客，有的做得非常好，也有人对创客云商的运营模式提出质疑，张学奎就耐心地给对方解释巨子生物企业的牌匾都是国家发改委、国家科技部授予的，巨子生物企业是国家863计划、博士后创新基地，经常被新闻媒体报道。可丽金作为"中国智造"的代表、中国国家的标志以及中国民族品牌的标杆在纽约时代广场展示，它代表中国技术已经走向世界……

张学奎对巨子生物和可丽金类人胶原蛋白的介绍，赢得了更多人对他的信任。张学奎能够把平台、产品、模式讲得专业，把企业的未来发展潜力讲得透彻，让人听得懂。很多人通过张学奎对创客云商了解得更彻底更明白。

2017年7月7日，我在采访张学奎时知道，他的销售额已达到70多万元。

"女同志做可丽金真的比男同志要好做，这个平台是一个非常不错的创业平台，一部手机，轻创业，低风险，自用省钱，分享又可以创业赚钱，这是国内目前做得最好的产业互联网平台。"

当我问张学奎是不是一直在创客云商平台上做创客时，张学奎说："我现在已经在专职做创客，我也不会离开这个平台。这个平台会越做越大，新品也在不断推出，产品也会越来越多，发展空间也会越来越大。这是一份让大众美丽健康、省钱创业的事业，我们是在做一项伟大的善举。让更多的人参与进来，使世界上所有的人都实现美丽健康。"

张学奎说，他原来公司的老总不断打电话让他回去上班，而他却说，"除了创客云商，其他我什么都不做。"

冯亚莉

退休创业为了帮助更多人

"我是最没有营销技巧的人。你想想，我当了一辈子的医生，一直在相对封闭的医院工作，主要和患者打交道。我能成为优秀创客，一是对产品的认识比较全面，因为我自己用过，知道这个产品有多好，所以，我给别人推荐的时候就很自信，有底气；第二，发挥创客云商这个平台的优势，这个平台，为那些宝妈和想创业的人提供了一个创业的机会；第三，我退休创业，也是为了帮助更多的人，让更多的人去了解平台，使用平台。我身边的很多宝妈和没有工作的家庭妇女，因为没有收入，经济不独立，都很自卑。而创客云商，完全可以改变她们的生活现状和经济现状，让她们自信、自尊、阳光地面对生活。看着她们在创客云商这个平台上的创业成就，我也很开心。"

在我采访创客云商平台上的创客过程中，很多创客有意无意间都谈到了冯老师，言语之间总是充满了尊敬与爱戴。每一次，我都要问一下，是哪个冯老师？她们都会说："冯亚莉老师啊！"谈论冯亚莉的人多了，我对冯亚莉也多了几分敬重与好奇。我在想，这个冯亚莉到底是教什么的？怎么会有那么多的学生？怎么会有那么多创客喜欢她？

类人胶原蛋白
让"冯铁人"越来越年轻

当我知道冯亚莉是医生的时候，就决定采访这位退休后还能在创业道路上绽放异彩的创客。因为我要采访的创客比较多，几个接受过我采访的创客时不时地在微信里问我，采访冯老师了吗？这么被问几次，我就觉得欠了冯老师的。我能理解为什么有创客催我采访冯亚莉。他们可能知道，有很多优秀的创客，我都没有采访，有些人，我采访了，也没有去写，可他们觉得，冯老师是值得一写的创客。

2017年11月6日中午，我终于采访了冯老师——冯亚莉。

这是一个创客的时代

见到冯亚莉的那一刻,我想起了一个创客给我讲的关于冯亚莉夫妇的故事。说冯亚莉的老公在一个公开场合讲:"我老婆自从用了类人胶原蛋白之后,我们之间的辈分就乱了。在没有用类人胶原蛋白之前,我们结伴而行时,孩子们见到我们之后就说'爷爷奶奶好!'用了几年类人胶原蛋白,孩子们见到我们之后就说:'爷爷好!阿姨好!'你们说说,这不是辈分乱了吗?"我听到这个故事的时候,觉得冯亚莉的老公真是有才,给可丽金类人胶原蛋白做了这么生动的一个广告。可是,当我见到冯亚莉时才知道,冯亚莉的老公对可丽金类人胶原蛋白的赞美一点也不过分。

冯亚莉2013年退休,退休前,她是一家医院中医科的负责人,也是一位经验丰富的中医大夫。

"我用可丽金类人胶原蛋白产品已经十几年了,"冯亚莉说,"那时,是严总(严建亚)送的,我用了一段时间后,我们科室的人都问我用的什么护肤品?我问怎么了?她们说你怎么越来越年轻了,皮肤越来越好了,我说我用的是类人胶原蛋白护肤品,她们就问我,在哪儿能买到?我说医院里都有卖的。"

被科室同事称作"冯铁人"的冯亚莉面对同事们对她的赞美,精神状态更加饱满了。大家称冯亚莉为"冯铁人",是因为,她从来不生病,在工作上,永远都是超负荷运转,总是面带微笑,她好像从来不知道什么叫累,因此,医院里的同事便送了她一个外号——冯铁人。

"冯铁人"用了十几年的类人胶原蛋白护肤品,皮肤状态很好,人也显得年轻,退休后,有时间陪着老公散步了,却发生了乱了辈分的美谈。

创业+购物+社交

退休创业
就是为了帮助更多的人

2015年9月9日，创客云商上线之后，冯亚莉就成为创客云商的创客。她是最早成为创客的人之一，也是对创客云商和可丽金类人胶原蛋白理解最透彻的创客之一。

冯亚莉用了十几年类人胶原蛋白产品，是这个产品的受益者，也是这个产品的推荐者。没有退休之前，很多女士因为使用劣质的化妆品，导致面部皮肤出现皮炎、皮疹等症状，她们希望通过中医进行调理。冯亚莉为那些皮肤出现问题的患者开药调理的同时，也为她们推荐过可丽金类人胶原蛋白护肤品。可丽金、可愈和可痕等产品对过敏性皮炎及各种皮肤病有很好的功效。那时，可丽金类人胶原蛋白主要在医院销售，很多人并不知道。而创客云商的运营，让类人胶原蛋白产品走向了大众，让更多的人用得起、用得上类人胶原蛋白。只要成为创客，就能享受最低价格的产品。最有意义的是，创客云商能够通过分享销售产品，实现创业梦想，而且，低风险，不囤货、工厂代发货，能够把消费者变成销售商，让分享产品的同时还能赚钱。

当我问冯亚莉如何成为优秀创客时？冯亚莉说："我是最没有营销技巧的人。你想想，我当了一辈子的医生，一直在相对封闭的医院工作，主要和患者打交道。我能成为优秀创客，一是对产品的认识比较全面，因为我自己用过，知道这个产品有多好，所以，我给别人推荐的时候就很自信，有底气；第二，发挥创客云商这个平台的优势，

这是一个创客的时代

这个平台,为那些宝妈和想创业的人提供了一个创业的机会;第三,我退休创业,也是为了帮助更多的人,让更多的人去了解平台,使用平台。我身边的很多宝妈和没有工作的家庭妇女,因为没有收入,经济不独立,都很自卑的。而创客云商完全可以改变她们的生活现状和经济现状,让她们自信、自尊、阳光地面对生活。看着她们在创客云商这个平台上的创业成就,我也很开心。"

冯亚莉从成为创客的那天起,就一直在帮助别人。做了几年宝妈的肖惠璞,做创客之后,不管是白天还是深夜,只要客户提出的问题她回答不上来,马上就会给冯亚莉打电话询问。退休后的牛莉萍,在冯亚莉的帮助下,从不会使用智能手机,到成为优秀的创客,帮助更多用户提升专业知识。

两年多来,冯亚莉已经帮助3000多名用户提升其服务能力,她也成了创客云商的正式员工。用户群体越多,管理起来就越累。但是,昔日的"冯铁人"依然精神饱满地四处行走,帮助用户快速地成长。

有经验、有威信、有爱心的冯亚莉在用户群里成了人所共知的老师,很多她不认识的用户也经常咨询这样那样的问题,请她参加这样那样的轻创交流会,为创客或准创客讲解产品,分享平台。

有一次,冯亚莉受邀去兰州参加一个创客的轻创交流会,郑州的一个创客给她打电话,说他们要组织一场轻创交流会,希望冯亚莉能到场为创客们"现身说法"。冯亚莉参加完兰州的活动,又马不停蹄地前往郑州……

一个退休的女士,就这么四处奔波,她不累吗?对此,冯亚莉说:"说不累是假的,但是,她们需要我的帮助,帮助了她们,我也开心啊。再说了，我退休创业，就是为了帮助更多的年轻人，这是我的初心。"

退休创业，就是为了帮助更多的年轻人。冯亚莉是这么说的，也是这么做的，怪不得有那么多人信任她、尊重她、爱戴她。

牛莉萍

只要愿意开始什么时候都不算晚

　　我觉得，我们这些退休人员，干了一辈子工作，退休后，不管干什么事儿，都不能丢脸，都不能为了钱，丧失做人的起码底线和尊严。可创客云商不一样，它是一个可以丰富退休生活，可以重新树立和塑造自己新形象的大众创业平台。让退休创业低风险，更自信。我退休后的创业，已激发了很多退休者再次创业的激情。很多人，在单位干了一辈子，都没能实现自己的人生理想。创客云商，给了很多退休人员实现自身价值的机会，让他们的退休生活更精彩。看着他们和我一起创业、赚钱，真的很开心。

创客云商
开启退休后的精彩生活

牛莉萍的创业经历其实很简单,她是从保养自己皮肤开始的。

2014年年末,准备退休的牛莉萍,开始思考退休以后的生活。她觉得自己的身体很好,退休后得找点事儿干。她不想和那些退休的老太太聚在一起打麻将,也不想去跳广场舞。她想干点力所能及而又有意义的事情。

有一天,在深圳工作的儿子给她买了一盒面膜让她使用。儿子说,希望母亲能够有青春的活力。一直注重养生和皮肤保养的牛莉萍,仔细看了看儿子给她的面膜,惊奇地发现,儿子送给她的面膜是西安巨子生物生产的。

巨子生物是西安高新区的一家知名企业,是全球少有的量产类人胶原蛋白的厂商。她之所以对巨子生物有所耳闻,是因为她家就住在高新区,离巨子生物只有两公里。

牛莉萍用完儿子送她的面膜后发现,儿子给他的面膜比她原来用的那些名牌的面膜好得多,她就问儿子,在哪里能够买到那种面膜。儿子告诉她,一个电商平台有销售,听说,注册之后,不仅可以拿到

这是一个创客的时代

价格优惠的产品,而且通过分享还能赚钱。

听儿子说到电商平台,牛莉萍有一种抵制的情绪。现在很多电商平台,销售的产品无法保证质量,有些电商,为了赚钱,连起码的商业道德都没有了。过去,曾有人给她推荐过各种产品和电商平台,希望她加盟、赚钱,她都拒绝了。可是这次,牛莉萍竟然花了3万多元,在那家电商平台开了店铺。

"我当时开网店,不为别的,就是为了能够用便宜的好产品。"牛莉萍笑着说,"我是一个特别爱美的人,年龄大了,想让皮肤衰老得慢一点。"

开了网店的牛莉萍,购买了一大堆产品。看着那么多的产品,自己根本用不完。于是,她在自用的同时,也像那些微商一样,开始学习使用手机发微信。为了能够熟练掌握智能手机的使用和微信制作,牛莉萍只要逮着儿子,就没完没了地请教,同样的问题,有时要问几次。

学会使用微信分享的牛莉萍,觉得自己的生活一下子充实了,她不断地分享产品,希望在自己使用美肤产品的同时还能赚点钱,至少把3万多元的加盟费赚回来。可是,在宣传推广过程中,她得到的反馈是,产品很好,价格太高。

"那个网店最大的缺陷就是自己要囤货,进货越多,优惠力度就会越大。想要用便宜的产品,就得多进货,进的货多了,堆得满屋子都是,卖不出去,自己用不完,时间长了,就过期了,所以,我就送亲戚,送朋友。"牛莉萍说,"我不知道别人赚钱没有,反正我开的那个网店没赚钱,我当时还在想,巨子生物就在家门口,为什么不和他们联系合作呢?"

退休不久，牛莉萍听说巨子生物创建了一个创客云商的平台，主要销售由巨子生物生产的类人胶原蛋白系列产品，在别人的推荐下，她到巨子生物参加了一次轻创交流会。这次会议让她对类人胶原蛋白产品的品牌、研发、销售以及创客云商的运营模式有了深入的了解。她觉得，创客云商的运营模式适合所有人，在创客云商成为创客，不需要自己囤货，不占有自己资金，只要分享，有消费者下单，厂家就会按照客户信息发货。这种低风险，不需要大量资金投入的创业形式，比她之前开的那个网店要好得多。

牛莉萍觉得，她退休后的精彩生活，将要从创客云商这个平台开始。

退休创业
重塑人生新形象

2015年11月，牛莉萍在创客云商成为了创客，开启了她退休后的创业之路。

"退休创业，过去有没有我不知道，但我现在就是一个退休后的创业者，是一个没有压力的创客。"牛莉萍说，"我之所以选择在创客云商创业，就是因为，这个平台是安全的，产品是放心的，模式是新颖的，没有任务压力，能够轻轻松松创业，快快乐乐地赚钱生活。"

成为创客云商的创客之后，牛莉萍不断学习，不断提高自己对平台的认识和可丽金类人胶原蛋白的了解。

这是一个创客的时代

她觉得，可丽金类人胶原蛋白是值得每个人拥有的产品，尤其是面膜、健肤喷雾、舒敏等可丽金类人胶原蛋白系列产品，适宜于所有人群。这些产品，对皮肤修复和养护都有极大的帮助。很多皮肤过敏求医问药无法治愈的患者，在使用了可丽金之后得到修复，类人胶原蛋白产品作为国家技术发明奖获得者，具有独一无二的知名度和影响力。

"成了创客之后，我觉得自己的生活一下子丰富了，精彩了，不像过去，百无聊赖地整天泡在麻将馆。现在不一样，我分享可丽金，就有一种助人为乐的愉悦，"牛莉萍说，"我为什么要讲分享可丽金有一种愉悦感，是因为可丽金真的很好，能把这么好的产品分享给大家，本身就是一件很快乐的事儿。"

在采访过程中，看起来只有四十多岁的牛莉萍，脸上始终洋溢着欢快的笑容。她说："创客云商是一个真正的创新创业平台，作为一个退休人员，它改变了我的生活方式和状态，让我在退休之后，生活更加丰富，更加精彩。"她告诉我，她做创客的第一个月，销售额将近2万元。她怎么都不敢相信自己的眼睛，做创客赚的钱比她的退休金还要高出很多。

牛莉萍还说，她也结识过其他的电商平台，有的电商要不断囤货发货，像金字塔一样，最后都做死了。可创客云商不一样，平台上销售的所有产品，都是统一价格，对所有消费者，一视同仁。"我觉得，我们这些退休人员，干了一辈子工作，退休后，不管干什么事儿，都不能丢脸，都不能为了钱，丧失做人的起码底线和尊严。创客云商就是不一样，它是一个可以丰富退休生活，可以重新树立和塑造自己新形象的大众创业平台。让退休创业低风险，更自信。"

退休后的牛莉萍，在创客云商也培养和经营了自己的用户群体，她像很多年轻人一样，为了帮助创客成长，帮他们组织轻创交流会，帮他们解决分享中遇到的各种问题。看着那些经过自己帮助成长起来的创客，她就有一种成就感。

当我问她当创客累不累时，牛莉萍说："不累。很轻松，很愉快，就是分享，有新品，有活动，就给微友分享；他们有什么问题，耐心地解答，只要消费者下单，我就有收益。做了创客之后，我的收入比退休工资要高出很多。"

在结束采访时，牛莉萍说："我退休后的创业，已激发了很多退休者再次创业的激情。很多人，在单位干了一辈子，都没能实现自己的人生理想。创客云商，给了很多退休人员实现自身价值的机会，让他们的退休生活更精彩。看着他们和我一起创业，赚钱，真的很开心。"